デュラララ!!×5

ゲームをしよう。

なに、簡単な賭《か》けさ。


コインの表《おもて》が出るか裏《うら》が出るか。

それと同じぐらい単純な事だよ。

確率が大体半々のもの、その結果を当てっこしようってだけさ。

例えば、これから、このマンションの前を最初に通りかかった人を、いきなりぶん殴《なぐ》る。

相手が怒って殴り返したりしてくるのか、怒らないで逃げたり泣いたりするのか、それを賭けるような感じ。

ね？　簡単な賭けだろう？

このゲームに使う駒《こま》は、心だ。

人間の行動や感情の動きだよ。

……。

そんな、キョトンとされても困るんだけど。

まあ、例えば君にこう尋《たず》ねたとしよう。『すべての人の心は、金で買えるのか否か』って。

すべての、っていうのがポイントだよ。

答えは『買える時もあるし、買えない時もある』だろ？

人間、一〇〇億円積まれてもプライドや良識を護《まも》る事もあれば、一円の為に人を殺す事だってある。そんなものだろう？　同じ人間だって、時と場合によってコロコロ変わるもんさ。

そう、人生っていうゲームに負ける奴《やつ》ってのは、大抵《たいてい》はその答えを決めつける奴さ。信念を持ってその答えを選び続けるならまだしも、考え無しに『人間の愛は金では買えない』とか『人間の愛なんか金で買える』って言い切ってる奴が、その答え以外に何も見えなくなってゲームに負けるわけだ。一つの答えを信仰する事は、目の前を明るくする代わりに、視野を極端に狭める。なんて解《わか》りやすいメリットとデメリットだろうね。

そう考えると、人の心ってものは、賭《か》けになりえるだろう？

もちろん、対象になる人間を事前に知っているか知らないかでは賭けに有利不利は出るだろうけど、それって競馬のレース前に馬の情報を仕入れるか仕入れないかの差だよね。

いや、人によっては、『人間の心がコインの表裏《おもてうら》と同じ確率な筈《はず》があるか』って怒り出すかもしれないけど――結果的に同じさ。一〇〇%相手の心の中身が解っているならまだしも――誰も、他人を全《すべ》て理解しているとは言えない。

例えば、ある人間が、人を殺すか否か。そんな賭けがあったとするよ。インタビューで『まさかあの人があんな事を』って答えている人にとって、結果が出る前はコインは表。人を殺さない確率の方が大きいと思っていたわけだ。まあ、テレビの前の建前とかそういうのは忘れなよ。これは、例え話なんだから。

そう、実際問題――人間なんて、蓋《ふた》を開けるまで解らないんだよ。

人の心を完全に操る事なんてできやしない。

俺《おれ》も情報屋として趣味で色々そういう事はやってきたけど、一〇〇%人の心を操れるわけじゃないんだ。

ただ、俺は誰かの背中を押してやるだけさ。

赤信号の道路に、って意味じゃないよ？　そしたら意味が変わってくる。

誰かが凄《すご》く危うい境界線上を渡っているとして……そのどちら側かに踏み出すように、ワッ……と背中を押すんだ。一歩踏み出して、その後の人生に迷わないようにね。

なに、慈善《じぜん》事業みたいなもんだよ。

もちろん商売じゃないから、その後の人生は保証しないけどね。

じゃ、それを踏まえて……ゲームを始めようか。

俺《おれ》はこのゲームをするにあたって、当然、その駒《こま》の背中を押すよ。自分の賭《か》けた結果になるようにね。

君はその背中を護《まも》る事ができるかもしれないが、どうする？

そんな顔するなよ。

俺が救いようの無い悪人みたいじゃないか。

ゲームは、楽しまないといけない。

そうだろ？

# 『闇医者のノロケ話　その壱』

僕が悪人かって？

そんなの当たり前じゃないか。

君に嘘《うそ》をついた事が最大の悪事だと思ってるけど、前にも言ったけどそのことについて後悔はしてないよ？

どうしたの、首が真《ま》っ赤《か》だよ？

冗談《じょうだん》だよ。そもそもセルティにはまともに血液がアイタタタ痛い痛い御免《ごめん》御免。

それにしても、俺が君を好きだと言うと、君はいつもこう言うよねえ。

『余程《よほど》寂《さび》しい青春を過ごして来たんだな』って。

酷《ひど》いなあ、私は寂しくなんかなかったよ？　何故《なぜ》かって、もちろんセルティがいたからさ。

え？　いいかげん一人称を『僕』か『私』か『俺』に統一しろだって？

嫌《いや》だなあ、セルティ。『無患子《むくろじ》は三年磨《みが》いても黒い』って言うだろ？　生来《せいらい》の性分《しょうぶん》をすぐに直せと言われても無理さ。それにほら、一人称なんて相手によって使い分けるものだよ？

世界中に色々な人間がいるから、相手によって使い分けるけどね……僕にとってセルティは全人類、世界そのものに等しいのさ。そう、君には僕が他人の前で使い分ける顔も自分一人だけの時に使う顔も、何もかも隠《かく》さず見せるって事さ！


……ええと、何の話だったっけ？

ああ、そうだ。悪人の話だったね。なんだって急にそんな話をするんだい？


ははーん、さっき君が見てたあの映画。確かあれだよね、登場人物が全員善人だったのに、最後には全員やむにやまれぬ事情で悪事を働いてしまう、ってストーリーだったよね。

映画に影響を受けて、僕に悪人かどうか聞いてくるなんて可愛《かわい》いなあ。

セルティのそういう素直な所は大好きだけどね。次は是非《ぜひ》ラブロマンス映画を見て『私もあんな恋がしたい』って言って欲しいな。

……『【ローズ家の戦争】でよければ』って……セルティは時々本当に酷《ひど》い事を言うよね？

悪人の話に戻そうか。

まあ、僕はセルティへの愛の為ならいくらでも悪人になれる自信はあるよ。

愛を言い訳にするなって？　まあそう言わないでよ。そもそも愛って感情は善悪とは全く無関係なものなんだからね。

にしても、愛と正義の、なんてキャッチフレーズは良く聞くけど、愛と悪と、ってキャッチフレーズは聞かないよねえ。

海よりも深い愛を持った悪党。

そんな人、いくらでも存在すると思うよ？

セルティに限定すれば、私とかね。

恥ずかしい事を言うな？

やだなあ、セルティの前なら恥ずかしさも羞恥《しゅうち》プレイで興奮のるつぼだよ僕は。

え、『私の方が恥ずかしいからやめろ』って……大丈夫《だいじょうぶ》さ！　『落花流水の情』って言ってね、君が恥ずかしいなら俺《おれ》はその意を汲《く》んで、恥じらう君の身体《からだ》を優しく包み込んでヴォっ。

酷いなあ、いきなり殴《なぐ》るなんて。これじゃ『落下情あれど流水意なし』じゃないか。

でもそんな風に天《あま》の邪鬼《じゃく》な所も可愛いよねセルティいてててててて、あ、今僕の頬《ほお》を抓《つね》ったのはさては照れ隠しだねねねねね痛ひ痛ひ千切《ちぎ》れひゃう、ほっふぇふぁふぃふぃれひゃう。

1章
DRRR!! 5
NA9-30
Ryohgo Narita
喧嘩人形、仏滅に困る

5月3日　池袋《いけぶくろ》　サンシャイン60通り

池袋の有名なストリートの一つである、サンシャイン60通り。

通称「60階通り」と呼ばれ、駅の東口からサンシャインに向かう、池袋に電車で来る者達にとっては最も有名な通りの一つであろう繁華《はんか》街《がい》だ。

駅からサンシャインビルに向かう近道であり、時には一本となりにある「サンシャイン通り」と混同されるが、れっきとした別の通りである。


時はゴールデンウィーク。


長い休みに入ったばかりという事もあり、通りはいつも以上の賑《にぎ》わいを見せている。

サンシャインシティに向かう家族連れや、無数に存在する映画館に向かうカップル、新しい服を求める若者から小腹の空《す》いたサラリーマン、『とらのあな』や『まんがの森』に向かうアキバ系の青少年に『アニメイト』や執事喫茶《しつじきっさ》『Swallowtail』に向かう女性達まで——様々な目的を持った者達が通りを行き交《か》い、その人々を狙《ねら》った客引き達の姿も、ホスト風の男から絵画売りの女性、大柄《おおがら》な外国人まで様々だ。

そんな通りの中——池袋《いけぶくろ》駅の方角から入り込んだ際、まず目に付く場所がある。

巨大な街頭モニターと、数々の映画の看板《かんばん》を壁面に掲げたシネマサンシャインのビルだ。

一階にあるゲームセンターには、店頭に広がるUFOキャッチャーを始めとした様々なアミューズメント機器が置かれ、若者達が映画の開演前の時間つぶしに利用する姿が見受けられた。

「ねえねえ、ろっちー！　次それとって！　それ！　そのヌイグルミ」

「えー、ずーるーいー。ノンはもう一個取ってもらったっしょー？」

そんなゲームセンターの入口付近では、UFOキャッチャーに群がる女性陣《じん》が見え、午後の平和な光景を生み出している。

「ねー、ろっちー、私もちょっとやりたーい」

「あ、じゃあ、かなっちがやってる間、ちょっとジュース買いに行こうよ、ろっちー」

「ちょっと待ってよ、私だけここに残してく気？」

「いーじゃん、かなっち、今日諭吉先輩《ゆきちせんぱい》持ってんでしょ？　両替して英世《ひでよ》君に囲まれながらウ宙人やってれば？　うわ、想像しちゃったよ！　超エバくない？　TRなんですけど」

「……えっと、ねえキヨミンー、今、彼女なんて言ったの？」

「……日本語に翻訳《ほんやく》すると、『カナは今日は二万円札を持ってたから両替して一人でＵＦＯキャッチャーやってウザったく私達の間から浮いてれば？　想像した。超絶的にエラくヤバいです。鳥肌《とりはだ》ものです』……って感じです。気持ち悪い。日本語を喋《しゃべ》って欲しいです」

「ちょっとキヨスケー、そういう変な翻訳されるとマジ冷めるんですけど。つーか、アンタこそマジでウ宙人なんですけど」

そんなどこにでもあるような会話が響き、十名ほどの集団は、そのままゲームセンターを後にしたのだが——日常的な光景の中に、突如《とつじょ》、異質な音が紛《まぎ》れ込む。

「どけコラぁ！」

歩行者天国となっている繁華街《はんかがい》に、鼻息を荒くした男の声が響き渡った。

人々がその声の方向に反射的に目を向けると、帽子《ぼうし》を被《かぶ》った中年男が、人混みを無理矢理押しのけながら通りを駆《か》け抜けようとしている姿が目に映る。

ラッシュ時の駅などに比べれば比較的人の密度は薄《うす》く、冷静に駆ければ上手《うま》く人混みを擦《す》り抜けられそうなのだが、そんな余裕《よゆう》も無いのか、ほぼ直進しながら周囲の人間達を脅《おど》すように猛進《もうしん》していた。

見ると、男の遥《はる》か後方では一人の女性が足を引きずりながら追従《ついじゅう》しており、必死に何かを叫んでいる。

その内容までは解《わか》らないが、女性が何かの店の店員らしき格好をしている事。そして、必死の形相《ぎょうそう》から——逃走している男は万引きか強盗《ごうとう》の類《たぐい》であろうと思われる。

周囲を歩く者達は、瞬時《しゅんじ》に事情を掴《つか》めず混乱していたのだが——やがて事情に気付いた者達が何人か、男の前に立ち塞《ふさ》がろうとした。

「どけっつってんだらぁが！」

興奮している上に息切れしている男は、呂律《ろれつ》の回らぬ調子で叫んで立ち塞がる者達を突き飛ばした。近くに迫られて初めて解るが、男は長身では無いもののかなり筋肉質な体格をしており、ちょっとしたアメフト選手のような勢いで、立ち塞がる者達を弾《はじ》き飛ばしていく。

（おおい！　やべえって！）　（静雄《しずお》かサイモンいねのかよ）

（早く逃げようよ！）　（警察呼べ警察！）　（うお、こっちくんぞ！）

（ちょ、写《しゃ》メ撮《と》れ写メ）　（バカ！　不謹慎《ふきんしん》だろ！）　（あ、そうか）

　（つげーよタコ！　顔写真撮れば証拠《しょうこ》になるだろうがよ！）

（うわ、もう間に合わねえ！）　（お父《とう》さん、なあにあのひと）　（俺《おれ》から離れるな）

（Что случилось?《何かあったのか》）

（Нет проблем《間題無い》）

（え⁉　なになにクル姉《ねえ》⁉　どーいうこと⁉）

（静《はしゃがないの》）

（えっちぃ本読んでて気付かなかったけど、なんでみんな騒ぎ始めたの⁉）

（黙《だまって》）


と、様々な声が交錯《こうさく》し、瞬時に繁華街は喧噪《けんそう》に包まれたのだが――

更に異質な者が、その空間に現れた。

ゲームセンターから出たばかりの女性陣《じん》が、巻き込まれぬようにと後ろに下がるのと同時に、ヒヨコ、と、彼女達の中心から現れる男が一人。

その男は、一見すると、どこにでもいる普通の青年に見えた。

薄手《うすで》の服を何枚か重ね着した、カジュアル系のメンズファッション誌のモデルの写真をそのまま投影したような出《い》で立ちの男。

池袋《いけぶくろ》というよりも、代官山《だいかんやま》や表参道《おもてさんどう》といった雰囲気《ふんいき》が近い、どこか大人《おとな》しそうな服装の青年だったのだが――異様なのは、その顔だった。

特に美醜《びしゅう》の偏《かたよ》りがある顔というわけではない。寧《むし》ろ、その判断がつきづらい状態と言える。

ストローハットの影となった部分では、額《ひたい》を隠《かく》す形で包帯《ほうたい》が巻かれ、その一部には血が滲《にじ》んでいる。目にはものもらいの時につける医療用の眼帯が掛けられており、頬《ほお》には大きな絆創膏《ばんそうこう》が貼《は》られているではないか。

眼帯の端《はし》からは青痣《あおあざ》のようなものが覗《のぞ》いており、誰かにバットで殴《なぐ》られたか、あるい階段から転げ落ちて顔面を打ったと想像できるような状態だ。

「あ、ろっちー、危ないよ？　怪我《けが》してんだから」

女性陣《じん》の一人がそう呟《つぶや》いた時には既《すで》に遅く、ろっちーと呼ばれる男は、既にタックル男の逃走ルートのど真ん中まで歩んでしまっている。

「つけぁオラア！」

筋肉質な男が叫びながら、青年を弾《はじ》き飛ばそうと腰《こし》を落とし、加速したのだが——

怪我人である青年がした事は、ぶつかる寸前に片足を前に上げ、そのまま相手へと蹴《け》り込む事だけだった。

プロレス中継などで、俗に喧嘩《けんか》キックと呼ばれる、足の裏《うら》で相手を思いきり踏みつける形の蹴り。往年の巨人レスラーが16文《もん》キックとして使っていた、相手を突き放す形の派手《はで》な技だ。

普通ならば、タックルに来た男の肩《かた》にでも当たれば、そのままバランスを崩《くず》されてはじき飛ばされる形となるだろう。

実際、その光景を見ていた者達は、誰もが片足立ちとなった青年が吹き飛ぶ未来を想像した。

しかし、その予想は完全に裏切られる。

ギャリ、という、歪《いびつ》な摩擦音《まさつおん》が通りの中に響き渡った。

その音の正体は、青年が同じ体勢のまま後ろに後退した事と——その足下、爪先《つまさき》から延びる黒い線条が物語る。

一体どのような力の流れが彼の体内で起こったのか、青年は男のタックルを足の裏で受け止め、そのまま吹き飛ばされる事無く、足を僅《わず》かに引きずらせて受け止めたのだ。

瞬間《しゅんかん》的に、恐ろしい程の力が加えられたのだろう。地面に残る足先からの黒い線——焦《こ》げ溶《と》けた靴《くつ》裏がアスファルトにこびりついた跡《あと》からは、うっすらと煙《けむり》が揺らめいているようにも感じられる。

そして、タックルを仕掛けた男は、それ以上足を踏み出しはしなかった。

今までの勢いに、更《さら》に足を踏み込めば、それこそ簡単に青年を吹き飛ばす事ができたのかもしれない。だが、男は、最も力を入れる筈《はず》だった最後の踏み込みができなかったのである。

何故《なぜ》なら、喧嘩キックの形で繰り出された青年の蹴りは——踵《かかと》を口の中にねじ込む形で、男の顔面にめり込ませていたのだから。

「今……三人、女を突き飛ばしたな？」

青年は、冷たい声色《こわいろ》でそう呟《つぶや》いたのだが、男の耳にその言葉は届いていたのかどうか。

「がぶ……が」

前歯は確実に折れている事だろう。

靴の踵を口内に咥《くわ》えさせられた男は、自分に起きた状況も解《わか》らずに呻《うめ》き声を上げる。

その呻《うめ》きを合図に、青年は無傷な方の目を細めながら――

「三回だ」

男の顔面に体重をかけながら、足先を左右に三回往復させる。

早い話、男の顔面を踏みにじったのだ。

ミシ、ミシリと細かい音が響き、男の鼻がガスコンロのつまみのように、グルリ、、、と曲が、、る。

「ああああっあああああああっああぁぁ！　あーッ！　あーッ！」

新たな激痛により、自分がどうなったのか理解したのだろう。

男は意味の無い絶叫をあげながら、血の噴《ふ》き出した顔面を押さえて転げ回る。

そんな姿を、青年は殺虫剤で落ちた蚊《か》でも見るような目つきで睨《ね》め付けていた。

青年の姿を遠目に眺《なが》めていた女性陣《じん》は、特に慌《あわ》てた様子もなく思い思いの言葉を口にする。

「ろっちー、超パショ《熱くな》ってない？」

「ほら、あのオッサンを追いかけてたの、女の店員だからだよ」

「また女だよ。やんなっちゃう」

「でも、ろっちースケコマシだからしょうがないよ」

「そこも魅力《みりょく》的です」

「だよねー」

そんな女性達の声が『ろっちー』の耳に届くよりも前に、彼の前に件《くだん》の女性店員が現れた。

「あ、ありがとうございます……。こ、この人、万引きをして……」

呼吸を荒げながら、何処《どこ》かの制服を着た女性が言葉を紡《つむ》ぐ。

声が震《ふる》えているのは、足に無理を言わせて走ってきたせいか、それとも、血塗《ちまみ》れで転がる男と、その状態にした青年に怖《おそ》れをなしての事だろうか。

青年はそんな女性を前に、帽子《ぼうし》を軽やかに脱《ぬ》ぎ、相手の手を優しく取りながら呟《つぶや》いた。

「いえいえ、僕はただ、人としてできる事をしたまでですよ」

紡《つむ》がれたのは、拍子《ひょうし》抜けする程に優しげな声だった。

眼帯や包帯《ほうたい》の隙間《すきま》から見える顔が柔和《にゅうわ》に笑い、男に蹴《け》りを入れた瞬間《しゅんかん》とはまるで別人といった雰囲気《ふんいき》を醸《かも》し出している。

そんな爽《さわ》やかな青年が、女性店員の足を見て心配そうに呟いた。

「怪我《けが》しちゃってるじゃないですか、お姉《ねえ》さん」

「えッ……あ、いえ……さっき、その男の人を止めようとして、突き飛ばされて……」

「……」

青年は優しげな笑顔を浮かべたまま、唐突《とうとつ》に踵《きびす》を返し——跳《と》んだ。

「？」

青年の行動が理解できなかった女性店員は、一瞬《いっしゅん》身体《からだ》をビクリと震《ふる》わせる。

だが、青年の動きの意味は、すぐに理解する事ができた。

跳躍《ちょうやく》後の落下地点には、地面を転げ回る万引き犯の足があり――全体重をかけて、その膝《ひざ》を踏みつけたのだ。

嫌《いや》な音が響いたが、それはすぐに男の絶叫によって掻《か》き消された。

「だばあああッ！　あッ！　だッ！　ああがががががだだだッだッ！」

「黙《だま》れ、ゲス野郎《やろう》」

青年は底冷えするような冷たい声でそう告げると、男の股間《こかん》を思い切り蹴《け》り上げた。

「――――――――ッツツツツツ」

「手前《てめえ》にも待ってる奥さんとか娘《むすめ》とか母《かあ》ちゃんとかいるかもしれないから、そのレディー達を泣かせないように殺すのは勘弁《かんべん》しといてやるけどよおー。男として、女に手を挙げるってのは無しだろ、あ？」

「――――ッ！　――――ツツ――――ツツツツ！」

肺の奥から全《すべ》ての空気を絞《しぼ》り出し、そのまま全身をひくつかせて動かなくなる万引き犯。

その様子を見て、大通りの見物人達の時間が止まるが、青年はそんな事を気にした様子もなく、再び爽《さわ》やかな笑顔を浮かべ、一言。

「大丈夫《だいじょうぶ》、オールオッケーです。僕が貴方《あなた》の代わりに、その、仕返ししておきました」

「……」

絶句する女性を前に、青年は尚《なお》も馴《な》れ馴れしく語りかける。

「貴方みたいにキレーなお姉《ねえ》さんには復讐《ふくしゅう》なんて似合わないです。ガチで。えーと、マジで。汚《よご》れ役は俺《おれ》が引き受け――」

と、そこまで言った所で、青年の背後から別の女性の声が掛けられる。

「ろっちー」

「おや、どうしたんだい、ノン」

振り返ると、そこには一緒に行動していた女性達の中で、最も背丈《せたけ》が低い少女が立っていた。

ノンと呼ばれた少女は、『ろっちー』の袖《そで》をクイクイと引っ張りながら、淡々とした調子で語りかける。

「かじょーぼーえーだから逃げないとまずいって、キヨ姉が言ってるよ？」

「えー。そう？」

軽い調子で答えながら、青年は背後に転がる万引き犯が、意識を失って痙攣《けいれん》しているのを見て、続いて、女性店員に目を向ける。

女性店員は絶句したまま目を瞬《しばた》かせているが、その表情には感謝の念以上に、あからさまな怯《おび》えの色が浮かんでいた。

「……どうしよっかノン。怖がらせちゃった」

「逃げないと駄目《だめ》なんじゃん？　ほら、おまわりさん来ちゃったよー？」

「あ、ほんとだ」

巨大な交差点を挟《はさ》んだ先にある駅の方角を見ると、信号待ちの人混みの奥から、警官の制服がチラチラと覗《のぞ》いている。

「じゃ、綺麗《きれい》なお姉《ねえ》さん、僕はこれで失礼しますよー、足、癖《くせ》になるとマズイから早く医者に行った方が……」

「ほら、ろっちー！　早く早く！」

「ちょっ、まッ……ノンー、お前いつからそんなワガママっ子になっ……わかった！　行くって！　行くって！　お姉さん！　その男が起きたら言っておいてやって下さい！　俺《おれ》は普段埼《さい》玉《たま》のいろんな県道を流してるから、納得いかなかったらいつでも来いって……アイタタタ！　行く！　行くから耳引っ張るのはやめろってノン！　ノンちゃーん！」

引きずられる形で女性集団の輪《わ》に戻り、纏《まと》まって逃げていく集団。

残された人々の中には、携帯電話で写真を撮《と》ろうとした者もいたが、青年はすぐに女性集団の中に隠《かく》れてしまい、仕方なく被害者なのか加害者なのか解《わか》らなくなった万引き男を写し始める事しかできなかった。

♂♀

そんな騒ぎの後、群衆の多くが青年の正体を不思議に思う中――

「来ちまったかー」

ロッテリアの店内から、一部始終を眺《なが》めていた男が独《ひと》り言《ごと》を呟《つぶや》いた。

「あーあー、面倒臭《めんどうくせ》ぇ事になんべよ、マジでこれ」

ドレッドヘアに眼鏡《めがね》を掛けたその取り立て人が、露骨《ろこつ》に困った顔をしていると――

ハンバーガー屋の店内だというのに、何故《なぜ》かバーテン服を着た男が顔を出し、一言。

「トムさん、コーヒー買ってきましたよ。……どうしたんすか？」

「あ、サンキュー。……いやな、ちょっと知ってる顔を見かけてよー」

バーテン服の男――平和島静雄《へいわじましずお》は、職場の先輩《せんぱい》であるトムの前に座りながら、落ちついた表情で言葉を返す。先刻の騒ぎが耳に届いていないのか、それとも別段気にしていなかったのかは解《わか》らない。

「友達かなんか居たんですか」

「いや、そういうんじゃないけどよ……」

コーヒーをブラックのまま啜《すす》り、眉《まゆ》を顰《ひそ》めて呟《つぶや》くトム。

「俺《おれ》っつーより、お前に用があって来たのかもなあ」

「？」

「ほら、先月、埼玉《さいたま》の方の暴走族《ゾッキー》連中をぶん殴《なぐ》ったっつーか吹き飛ばしたろ、お前」

「……ああ。俺の服破いた連中……」

静雄《しずお》の表情が曇るのを確認し、トムはそれ以上相手を刺激しないように気を付けながら、続く言葉を吐《は》き出した。

「その、Ｔｏ羅丸《とらまる》っつーチームの頭が、そこにいた」

「……」

「六条千景《ろくじょうちかげ》、って奴《やつ》なんだけどな。昼間は女の取り巻きつれてっつーか女に引きずられて歩いてるような奴なんだけどよ。まあ、一応はチームの総長って奴だらかな。家に火ぃ点《つ》けたりするような奴じゃねえが、とりあえず気を付けろよ」

トムの言葉に何を思ったのか、静雄は暫《しば》し考え込んだ後に問いかける。

「それって、なんか白いハートマークのついた革《かわ》ジャン着てる奴っすか」

「？　知ってるのか？　まあ、それは特攻服《とっこうふく》みてーなもんだから、夜しか着てねえけど」

「ああ、昨日来ました」

「は？」

唐突《とうとつ》な静雄の言葉に、トムはコーヒーを飲む手を止め、肩眉《かたまゆ》を顰《ひそ》めながら静雄を見た。

静雄はもふもふとハンバーガーを食べつつ、昨晩《さくばん》の事を語りだした。

「いや……帰り道、なんかバイクに乗った奴が一人で来たんですよ」

♂♀

一日前　夜　池袋某所《いけぶくろぼうしょ》

「よう、元気かい？」

「？」

突然かけられた言葉に振り返ると、そこには一台のバイクが停車しており、エンジンが切れた車体の前に一人の青年が立っていた。

「平和島《へいわじま》静雄ってのはアンタか？　まあ、バーテン服でうろついてる奴なんてそうそういるとは思えないけどよ。この辺じゃ有名なんだってな」

「……？」

「こないだ、うちのチームの連中がアンタにやられたって話でさ」

「チーム？」

青年——六条千景《ろくじようちかげ》は、訝《いぶか》しむ静雄《しずお》に気さくな調子で語り続ける。

「いや、あいつらが勝手にこっちで暴れたってのは聞いてるから、あいつらにゃあいつらでケジメはつけさせせんだけどさぁ。まあ、つっても全員入院コースでな。こっちが悪ぃにしても、ちぃとばかしやり過ぎじゃねえかって文句を言いに来たんだけどよ」

静雄より頭半分ほど背の低い青年は、不敵《ふてき》な笑みを浮かべ、互いの息が届く距離まで躙《にじ》り寄った。

「病院のベッドで寝てる連中に聞いたらよ、なんて言ったと思う？　あんたが街灯《がいとう》引っこ抜いて振り回したとか言うじゃねえか。頭でも打ったのかと思ったが、今日見て来てみりゃ、本当に街灯が一本、根元のコンクリが新しくなってるときた」

「それで？」

「こっちもこういう立場だからよ。あんたがどんだけ強いのか興味が湧《わ》いてな。……あ、ところであんた、誰か泣いてくれる女はいるか？」

「はぁ？」

眉《まゆ》を顰《ひそ》める静雄に、千景は歯を見せて笑い、語り続ける。

「いやほら、いるんだったら、とりあえず見逃してやってもいいと思ってな。女を泣かせるのは趣味じゃねえからよ」

普段の静雄を知る者ならば、そこで既《すで》に沸点に達した魔人《まじん》の拳《こぶし》が繰り出されると思うだろう。

だが、彼の顔に浮かんだのは、怒りではなく、得心《とくしん》がいったという表情だった。

「……ああ、そうか。やっと納得いった」

「何がよ？」

「俺《おれ》は今、喧嘩《けんか》売られてるっつー事か」

「そうなるな」

今更《いまさら》ながらの確認に、千景も少し拍子《ひょうし》抜けしたように首を振る。

静雄はサングラスを外してポケットに仕舞《しま》いながら、感慨深げに語り始めた。

「そうかそうか。こんなにストレートなのは、高校の時以来だ。つーか、俺ももういい年した社会人なんだが、お前はまだ二十歳《はたち》にもなってないガキだろ？　俺を殴《なぐ》り飛ばした所で学校じゃ自慢《じまん》できないぞ」

「喧嘩に年は関係ないだろ？　バーテンやっててお喋《しゃべ》りが得意になったのか？」

「だと良かったんだがな」

クッと短い笑いを吐《は》き捨て、静雄はゴキリと首を鳴らす。

「なんにせよ、こそこそしねえで、こうやって堂々と来られるのは嫌《きら》いじゃない。まあ、来ないのが一番いいんだけどな」

「悪いねえ」

「そうそう、一つ言っておくけどよ」

既《すで》に互いの距離が縮まっているというのに、静雄《しずお》が尚《なお》も何か伝えようとした瞬間《しゅんかん》——

眼鏡《めがね》を外した静雄の視界が、相手の足の裏《うら》で埋《う》められた。

重い音が響き、静雄の顔面に千景《ちかげ》の両足が叩《たた》き込まれる。

静雄が口を開いた瞬間に、千景は横にあった歩道の柵《さく》を踏み台に、到底喧嘩《けんか》に使うとは思えぬ技、体重を籠《こ》めたドロップキックを繰り出したのだ。

ところが——

——入った！

そう感じたものの、千景は何かいつもと違う感覚に気が付いた。

——あれ？

——倒れねえぞ？　こいつ？

太い竹に跳《と》び蹴《げ》りをした時のような感触《かんしょく》を覚え、同時に彼の全身にどうしようもない寒気《さむけ》が走る。

それでもなんとかバランスを整えて着地すると、大地を思い切り蹴り上げ、その勢いを乗せた拳《こぶし》を激しく男に叩き込む。

だが、やはり、違和感。

――……。

――……あれ？

――……俺《おれ》、今、地面殴《なぐ》った？

確かに、肌《はだ》の柔《やわ》らかい感触は拳の先から伝わって来たのだが、その先に拳が進まない。

大地を思い切り殴りつけた時のように、全く拳が先に進まないのだ。

脳内に寒気と疑問符が同時に渦巻《うずま》く千景の耳に、全く調子の変わらない静雄の声が届く。

「言っておくけどよ……。俺の望みは、名前の通り、静かに暮らす事だ」

「……ああ？」

そこに見えた光景に、千景は目を見開いた。

確かに自分の拳は、相手の頬《ほお》に当たっている。

しかし、それは静雄の顔を僅《わず》かに斜めに傾かせただけで、表情を変える事すらできていない。

一方の静雄は、まさに今の攻撃《こうげき》の数々など無かったとでもいうかのように、淡々と自分の要求だけを口にし――

「だからその、なんだ……」

「うぉッ……!?」

撃《う》ち出された肌《はだ》色の塊《かたまり》は、喧嘩慣れしていた青年のガードを易々《やすやす》と潜《くぐ》りぬけ――

「寝　て　ろ」

千景《ちかげ》の顔面に、これでもかという程《ほど》に素直に繰り出された裸拳《らけん》が深々とめり込んだ。

♂♀

「……それで、いつも通りオネンネってわけか。」

コーヒーを啜《すす》りながら呟《つぶや》いたトムに、静雄《しずお》はキュイキュイとバニラシェーキを飲みつつ言葉を返す。

「ええ。まあ、知り合いの医者んとこに運びましたけど」

「珍しいな、静雄が医者に運んでやるなんて」

「死なれても困りますし。あと、ああいう奴《やつ》は嫌《きら》いでもないんで。ノミ蟲《むし》だったらそのままトドメ刺《さ》しますけど」

「まあ、お前に一発ぶん殴《なぐ》られりゃ、それってトドメみてえなもんだしな……」

トムは苦笑しながらそう呟《つぶや》いたのだが、静雄から返されたのは意外な言葉だった。

「四発っす」

「は？」

「俺のパ、ン、チ、四発目までは起、き、上、が、っ、て、き、ま、し、た、よ、あ、い、つ」

「……マジで？」

手で弄《いじ》っていた砂糖《さとう》の袋を指から溢《こぼ》し、トムは目を丸くして呟いた。

「ええ、五発目入れる直前に、あいつ『ちなみに、俺には看病《かんびょう》してくれる女の子がいるんだぜ、うらやましいだろ』……だったかな。歯が折れてたみたいだから聞き取りづらかったですけど、そんな事言ってバッタリと倒れちゃいましてね」

「……頑丈《がんじょう》な奴だってのは知ってたが」

「いやあ、結構いますよ。前に殴りあった外国人なんかも、そうとう保《も》ちましたし」

「そりゃ世の中は広いけどよ……。つか、今日もう普通に立って歩いてるってのがすげえな。顔の怪我《けが》とかなによって思ったら、そういう事か……」

「まあ、正直、看病してくれる女がいるってのは羨《うらや》ましかったっすけどね」

「そういや、お前彼女とかいないよな。まあ、仕事中とはいえ男同士で昼飯食ってるこの空《むな》しさを考えりゃーよー、もうちょっとこう、潤《うるお》いとか欲しいと思わね？　欲しいんじゃやね？」

付き合いが長いせいか、静雄に対して一歩踏み込んだ質問をするトム。なまじ静雄を知っている者ならば恐ろしくてできぬ問いかけだが、長い付き合いから『ここまでは怒らない』という境界線を知っているのだろう。

現に、静雄は特に嫌《いや》な顔もせず『ええ』と頷《うなず》いてから愚痴《ぐち》のような言葉を吐《は》き出した。

「愛してるって言ってくれるのはいますけど、女と言っていいのかどうか」

「？　お前、ゲイバーとかニューハーフパブとか行くんだっけ？」

「いや、そういう人達でもなくて、そもそも人間と言っていいのか……刃物って言うか……」

「すまん、何を言ってるのかさっぱり解《わか》らねぇ」

首を傾げるトムを余所《よそ》に、静雄《しずお》は淡々と自分の青春時代について語り出す。

「そもそも、女つっても、俺《おれ》にはろくに寄ってきませんでしたから。俺自身の性格ってのもありますけど、周りにいたのがあのノミ蟲《むし》と、変人で有名な眼鏡《めがね》でしたからね。ノミ蟲は女を騙《だま》してどっか連れてっちまうし、変人眼鏡は不気味《ぶきみ》がられてて女を寄せ付けないし」

「それって臨也《いざや》と、えーと、さっき言ってた医者って奴《やつ》か？」

「ええ、あいつも理屈っぽくて五月蠅《うるさ》い奴なんで、しょっちゅうキレましたけど、まあ、腐《くさ》れ縁《えん》みたいな感じになっちゃってますね。ノミ蟲の方はそのまま腐り落ちて欲しいですけど。とにかく、そんなわけで人間の女にはあんまり縁《えん》がないんですよ」

「まあ、気にすんなって。お前にだってその内かわいい彼女できるって。トップアイドルの弟と面《つら》は似てんだからよ」

適当な慰《なぐさ》めの言葉と共に笑うトムに、「そんな似てますかね？」と首を傾げる静雄。

ここまでは、彼らの――特に平和島《へいわじま》静雄にとっての――日常だった。

先刻の六条千景《ろくじょうちかげ》の件も、彼らの日常を彩《いろど》る為の僅《わず》かなスパイスとして終わる筈《はず》だったのだ。

だが、終わりを告げたのは日常の方だった。

当然ながら、非日常的なトラブルというものは前もって訪れる事自体が少ないので、日常など、いつだって突如として終わるものだと言えるだろう。

だが、しかし──終わった瞬間《しゅんかん》に、彼らはそれに気付く事ができなかった。

平和島静雄の前に現れた非日常は、あまりにもトラブルというものとは程遠《ほどとお》い外見をしていたのだから。

「さて、昼飯はロッテリアだったからよ、夜はバランスとってマックに……あん？」

トムが素《す》っ頓狂《とんきょう》な声を上げたのを聞いて、静雄は頭に疑問符を浮かべながら顔をあげた。

「どうしたんすか？」

「いや、後ろ」

「？」

静雄は現在、60階通りに面したガラスに背を向ける形で座っている。

トムの視線は、静雄の背を通り越し、通りの方に向けられているようだ。

「後ろがどう……」

言いかけた所で、静雄《しずお》は思わず口を閉ざす。

ぺっ、た、り。


そういう表現が一番しっくり来る光景が、そこにあった。

店のガラスの外側にいたのは、一人の少女。

その小柄《こがら》な影の主は、両手と額《ひたい》をペトリとガラスに貼《は》り付け、静雄の事を凝視《ぎょうし》している。

「……」

静雄は一瞬《いっしゅん》、知り合いの少女、クルリかマイルではないかと考えた。

池袋《いけぶくろ》の町中《まちなか》で、ガラスにぴったりとへばりついてこちらを眺《なが》める少女など、他に心当たりが無かったからだ。

だが、顔が違う。

そもそも、年齢《ねんれい》がマイル達と比べて幼《おさな》すぎた。

何しろその少女は、どう見ても小学生としか思えぬ年格好《としかっこう》であり、まだ10歳《さい》になるかならぬかといった雰囲気《ふんいき》である。

「……?」

少女は静雄の顔をじっと見つめていたが——やがて、手に持っていた一枚の紙片に目を落とし、バーテン服の青年と交互に見て——。

ぱあ、と、花が開くように笑った。

愛想《あいそ》笑いや照れ笑いなどではなく、欲しがってたオモチャを手に入れた時に見せる、子供ならではの無邪気《むじゃき》な笑顔だ。

そして、ゼンマイ仕掛けの人形のようにトテトテと歩きだし、静雄を見つめながら店の前をクルクルと回り始めた。

「……ありゃ、静雄の親戚《しんせき》とかか？」

「……いや、心当たりは無いすけど」

「でも、お前の服が珍しいから見てたって感じじゃねぇぞ」

「ですよねぇ。ちょっと出てみます」

不思議に思いつつ、謎《なぞ》の少女にせかされるように席を立つ静雄。

「おいおい、行くのかよ。突然『パパ！』だの『ダーリン』だの言われたらどうすんだ？」

「あり得ないっすよ。遊馬崎《ゆまさき》の妄想《もうそう》じゃあるまいし」

トレイなどを片付け、そのまま外に出ると——

件《くだん》の少女がこちらを向いて、目を輝かせているのが見えた。

子供を良く『お人形さんのようだ』と形容して褒《ほ》める親がいるが、例えるならば、正《まさ》に人形と形容すべき少女だった。

肩《かた》の辺りまで伸びる黒髪《かみ》を揺らめかせ、キューティーボブの形にカットされた前髪が揺れ、左右の目を交互に覆《おお》い隠《かく》している。

5月の陽気だというのにダブル仕立ての黒い上着を羽織《はお》っている。どうやら海外もののフォーマルな子供服のようで、金のボタンがやや目立つが、適度にシックなデザインで纏《まと》められている。

しかし、髪の毛が片目を隠している事もあり、笑顔を浮かべてはいるものの、全体としてはやや暗い印象に見受けられる。

少女は、真《ま》っ直《す》ぐに静雄《しずお》を見つめ、なんの迷いもなく駆《か》け寄ってくる。

駆け寄ってくる。

駆け寄ってくる。

　駆け寄って、駆け寄って

　　駆けて駆けて駆けて

　　　トテトテトテトテ

　　　　トテテテ――

――なんか、嫌《いや》な予感がする。

静雄の背筋を、言葉では言い表せぬ底気味の悪い風が滑《すべ》り降り――。

彼の予感は、少女の口から放たれた言葉によって的中する事となった。

——この子の笑い方、なんか気になるんだよな。
——無邪気《むじゃき》っつやー聞こえはいいけどよ。
——なんていうんだ？　蟻《あり》の行列とかを踏み潰《つぶ》してるガキどもと同じような……。

「死んじゃえ、、、、」

そして、少女は——
手にしていた改造スタンガンを、思い切り静雄《しずお》の腹部へと押し当てた。
次の瞬間《しゅんかん》、電撃《でんげき》が爆《は》ぜる激しい音が周囲に響き——————
平和島《へいわじま》静雄という青年は、ゆるやかに非日常へと巻き込まれる結果となった。

一日前（5月2日）夜　チャットルーム

セットンさんが入室しました。

セットン【ばんわー】
セットン【おや、誰もいないんですかね】
セットン【待機《たいき》します】
セットン【あ、ちょっと相方《あいかた》が呼んでるので離席します】

田中太郎《たなかたろう》さんが入室されました。

田中太郎【こんばんは】
田中太郎【セットンさんお一人ですか】
田中太郎【あれ、返事がない】
田中太郎【まだ用事中みたいですね。失礼しました】
田中太郎【待機します】

狂さんが入室されました。
参さんが入室されました。
狂【待機《たいき》している所にお邪魔《じゃま》する形となって申し訳ありません。お互いの存在を確認しつつも待機する太郎《たろう》さんと、待ち人が現れたのも気付かぬまま席を空《あ》け続けるセットンさん。これってロマンスの予感ですよね？　あら、でも、私はお二人の性別を知りませんが、もしかして太郎なんて名前で女性という事もあり得るのかしら。そもそもセットンさんってハンドルネーム】
参【？】
狂【失礼。文字数制限でした。セットンさんってハンドルネームからじゃ性別が解《わか》りませんし。そもそもセットンさんって変わったハンドルネームですけどどういう由来《ゆらい》なんです？　今しがたネットで検索《けんさく》した所、韓国《かんこく》の衣装とかが出てきましたがそれが由来なのですか？　それとも映画人のマクスウェル・セットンから拝領《はいりょう》したのですか？】
参【謎《なぞ》です】
セットン【戻りました。ばんわです】
セットン【濃い人達が】
セットン【あ、いえ。私のハンドルは本名のモジリです】

狂【これはこれは、そんな単純なお話だったのですか。あら私ったら、単純だなんて失礼な言葉を口にしてしまいました。深い謝罪の意を示しますが失礼の点は御海容《ごかいよう》頂ければ幸いです。それにしてもこれはセットンさんの素性《すじよう》を探るチャンスですよ？　一体どうモジったのかしら。瀬戸《せと》三平《さんぺい》……瀬戸《せと》内《うち》アンナ……どんな本名なのか、ますますセットンさんが謎《なぞ》になりました】

参【世良田《せらた》二郎《じろう》三郎《さぶろう》トン平《べい》】

セットン【トン平て】

参【──（不適切な単語が検出されたので表示されません）──】

参【あれ】

セットン【うわ、なんですかその機能。初めて見た】

セットン【……っていうか、何の略だと思ったんですか……？】

参【──（不適切な単語が検出されたので表示されません）──】

参【あ、そうか、この単語入れちゃ駄目《だめ》なんだ】

参【痛い】

セットン【？】

参【つねられた】

狂【大変申し訳ございません。ただいま私達、隣《とな》りあってそれぞれのパソコンでチャットに臨《のぞ》んでいるのですが。参があまりにも下品な単語を入力しているのが目に見えたので、場の空気

を穢《けが》さぬように現実で制裁しておきました。どうぞ御安心なさって下さい】
セットン【仲良さそうですねぇ】

バキュラさんが入室されました。

バキュラ【チャース】
狂【あら、縦笛《たてぶえ》使いのプレイボーイさんのお出ましですね】
参【こんばんは】
バキュラ【ちょ、まだ縦笛引きずりますか!?】
セットン【ばんわー】

罪歌《さいか》さんが入室されました。

バキュラ【お、一分差ですか】
セットン【シンクロですね】
罪歌【こんばんは】
バキュラ【太郎《たろう》さんは寝オチですか？】

バキュラ【まだ夜10時なのに、】
バキュラ【どれだけ健康優良児ですか】
田中太郎【うわ、電話したりトイレ行ったりしてる間に人が増えてる！】
田中太郎【みなさん、こんばんはです】
バキュラ【あ、丁度《ちょうど》戻ってきた】
セットン【シンクロニシティですね】
バキュラ【真《しん》・黒煮《くろに》シティっていうとなんだかゲームの最終面みたいな響きですね】
田中太郎【心底《しんそこ》どうでもいいですね】

内緒モード　バキュラ【帝人《みかど》】
内緒モード　バキュラ【話がある】
内緒モード　田中太郎【え】

セットン【黒煮シティて】
罪歌【どういう　いみですか】
内緒モード　田中太郎【正臣《まさおみ》、だよね？】

内緒モード　バキュラ【……それは、今はどうでもいいだろ】
内緒モード　田中太郎【ここ2ヶ月ぐらい知らないフリして合わせてたけど……】
狂【一体どういう思考回路から今のバキュラさんの発言が出てきたのか……。全くもって人間の心というのは不可解です。それこそ、人は心の中で無数の狂気とシンクロしているのかもしれません。願わくば、その狂気が世界人類の敵《てき》ではありませんように】
内緒モード　田中太郎【ごめん、心底《しんそこ》どうでもいいっていうのは、その場のノリで言ったんだ】
内緒モード　田中太郎【ああ、何を言えばいいのか解《わか》らないけど、まさかこんな形で正臣《まさおみ》を正臣だって意識して話す事になるとは思わなかった。でも、そんなに怒ったなんて思わなかったんだ。正臣がどうでもいいわけじゃないか！　真《しん》・黒煮《くろに》シティ、面白《おもしろ》いと思うよ？】
内緒モード　バキュラ【違う、そういう話じゃない】
内緒モード　バキュラ【ああ、ちょっと待っててくれ】
参【恐い】
セットン【虐《いじ》めすぎです】
セットン【ほら、バキュラさん黙《だま》っちゃったじゃないですか】

バキュラ【あ、すいません】
バキュラ【ちょっと御飯食べてきます】
バキュラ【退室はしませんが暫《しばら》くレスできないです】
セットン【いてらー】

内緒モード　バキュラ【よし、これでこっちに集中できる】
内緒モード　田中太郎【マメだね。あ、句読点で改行する癖《くせ》、治りかけてるね】
内緒モード　バキュラ【ともかくだ。俺《おれ》が田中太郎《たなかたろう》じゃなくて、今日敢《あ》えて帝人《みかど》に話しかけたのには理由があるんだ。お前を待ってたって言ってもいい】
内緒モード　田中太郎【電話してくれればいいのに。番号変わってないよ?】
内緒モード　バキュラ【それはやめておくよ。声を聞くと色々と心が揺らぎそうだ】

狂【ところで皆さんは、明日《あした》からの連休中、どこか遠出はなさるのですか?　私達は意外と出不精《ぶしょう》ですので、殆《ほとん》どは家で愛を育《はぐく》むか】
セットン【愛て。狂さんと参さんて、夫婦かなにかなんでしたっけ?】
参【内緒《ないしょ》】
罪歌【わたしは　いえにいます】

内緒モード　バキュラ【今、狂さんとかも話してるけど】
内緒モード　バキュラ【お前、ゴールデンウィークはどこかに出るのか？】
セットン【私は、相方《あいかた》と一緒にゲームとかやってると思いますよ】
狂【あら、セットンさんも愛を育《はぐく》む方がおられるのですね】
参【一緒】
セットン【あ、いや、愛っていうか……まあ、そういう関係っちゃそうですけどｗ】
罪歌【あい　ですか】
内緒モード　田中太郎【いや、どこにも行く予定ないよ！　だから会うなら会えるよ！】
内緒モード　田中太郎【正臣《まさおみ》のお父《とう》さん達は完全な放任主義だから、学校を辞《や》めても気にしないだろうけど、学校のみんなは心配してるんだよ？　佐藤《さとう》先生も心配してた】
内緒モード　田中太郎【杏里《あんり》だって、すごく正臣に会いたがってる】
内緒モード　バキュラ【……いや、そういう話じゃないんだ。悪いな】
狂【まあ、出るとしたら池袋《いけぶくろ》の町中《まちなか》ぐらいでしょうか。参と二人揃《そろ》って、Ｐパルコで買い物し

て60階通りで映画でも見たりが関《せき》の山です】
参【映画、観《み》たいです】
内緒モード　バキュラ【帝人《みかど》、お前、連休にどこかに出かけるか？】
内緒モード　田中太郎【え？　いや、委員会の作業で、明日《あした》だけは学校に行くけど】
内緒モード　バキュラ【そうか……。なあ帝人、これは、忠告だ】
内緒モード　バキュラ【少なくとも連休中の夜とか、一人でうろうろしない方がいい】
内緒モード　バキュラ【つっても、ダラーズの連中とも暫《しばら》く連《つる》むな】
内緒モード　田中太郎【え？】
セットン【あー、でも、相方《あいかた》と一緒に、たまには故郷の森の中を走りたいとは思います】
狂【あら、せっかくの休みなんですもの。帰郷ぐらいなさったらどうです？】
セットン【いえー、簡単に帰れる距離じゃないんで】
内緒モード　バキュラ【少しの間は、ダラーズとは関わりの無い高校生でいた方がいい】
内緒モード　田中太郎【どういう事？】

セットン【太郎《たろう》さんは何処《どこ》かに行かれるんですか？】
内緒モード　バキュラ【俺《おれ》も詳《くわ》しい事は解《わか》らないから、なんとも言えないんだけどさ】
内緒モード　バキュラ【勘《かん》、そう、これは勘みたいなもんだ】
内緒モード　バキュラ【なんかヤバイ雰囲気《ふんいき》なんだ】
内緒モード　バキュラ【ダラーズが危ない。そう、ダラーズが危ない気がするんだ】
内緒モード　田中太郎【ダラーズが？】
内緒モード　田中太郎【良く解らないけど、解った、気を付けるよ】
内緒モード　田中太郎【正臣《まさおみ》のそういう勘、外れた事ってないからね】

セットン【あれ、返事がない。離席中ですかね】
セットン【あ、すいません、なんか客が来たみたいなんで、今日はこれで】
狂【あら、今宵《こよい》はこれでお別れなのですね。非常に寂《さび》しいのですけれども、これも運命と割り切って物哀《あわ》れな余韻《よいん》を一人楽しむと致しましょう。そんなものを楽しむのは私一人しかいないでしょうから。それではセットンさん、良い休日を】
参【セットンさん、バイビー】
バキュラ【お疲れっす】

罪歌【ありがとうございました】
セットン【罪歌《さいか》さん、ありがとうって言われるような事はしてないですよｗ】
セットン【ともあれ、お疲れ様でした】
セットン【おやすー】

セットンさんが退室されました。

内緒モード　バキュラ【ありがとう、帝人《みかど》】
内緒モード　バキュラ【気を付けてな】
内緒モード　田中太郎【うん、正臣もありがとう。色々と、本当にありがとう】
内緒モード　バキュラ【他人行儀《ぎょうぎ》なこと言うなよ】
バキュラ【あ、じゃあ、私も用事ができちゃったんで今日は退席しますー】
バキュラ【(^ー^)ノゞ】
バキュラさんが退室されました。

狂【お疲れ様でございます。真《しん》なる黒煮《くろに》シティの夢が見れますように】
田中太郎【おやすみなさい】
田中太郎【あれ？　セットンさんが退席してる】
田中太郎【うわ、セットンを無視する形になってしまいました】
田中太郎【すいません】
罪歌【せっとんさんは　きにしていないとおもいます】
狂【ああ、何というすれ違いでしょう。このチャットの始まりでは田中太郎《たなかたろう》さんが離席中のセットンさんに翻弄《ほんろう》されていたというのに、今では太郎さんがセットンさんを翻弄する……。電脳空間でのすれ違いは私達に何を啓蒙《けいもう》しようというのでしょう！】
参【愛しあう事です】
狂【脊髄《せきずい》反射でレスをするのは止《や》めた方が良いと思いますわ、参】
罪歌【あい　ですか】
田中太郎【……なんかすいません】
田中太郎【そういえば今日、甘楽《かんら》さん来ませんね】
狂【あの御方は悪巧《だく》みで忙《いそが》しい人ですからね。いつもこんな場所で時間を潰《つぶ》しているなら平和で大変宜《よろ》しいのですが】

参【極悪人《ごくあくにん》です】
罪歌【かんらさんは　わるいひとにはみえません】
田中太郎【罪歌さんは甘楽さんに実際に会ったことあるんですか】
罪歌【ここでだけです　すいません】
田中太郎【いやあ、悪い人じゃないと思いますけど、ちょっと変わり者ではありますよ】
狂【あらあら、ここにも甘楽さんの甘言《かんげん》に騙《だま》されている方が一人……】

・　・　・　・　・

# 間章もしくはプロローグＡ　六条《ろくじょう》千景《ちかげ》

５月３日　夜　板橋《いたばし》区某所《ぼうしょ》

国道２５４号線。通称『川越街道《かわごえ》』に架《か》かる一基の歩道橋。

その上では、医療用の眼帯をつけた青年が、複数名の少女達に囲まれたまま眼下を行き交《か》う車の灯《あか》りを眺《なが》めている。

「ねえろっちー、傷はもう痛くないの？」

「無茶苦茶痛いよ。でもみんなと居れば超平気。可愛《かわい》い女の子の吐《は》く息は俺《おれ》にとって蕩《とろ》けるような麻酔《ますい》だから」

頬《ほお》の絆創膏《ばんそうこう》を撫《な》で回しながら呟《つぶや》く千景に、少女の一人が真剣な眼差《まなざ》しを向け、口を開いた。

「ねえろっちー」

「何だい？」

「キモい」

「ちょッ……」

傷ついたとばかりに大袈裟《おおげさ》に身体《からだ》を崩《くず》しながらも、千景《ちかげ》は特に機嫌《きげん》を損《そこ》ねた様子はなく、笑いながら女性陣《じん》に向き直る。

「ま、今日は池袋《いけぶくろ》案内してくれてありがとな。おかげで色々参考になったわ」

「いいって。ろっちー、地元から殆《ほとん》ど出てないしね」

「でも、会ったらいきなり大怪我《けが》してるんだもん。ビックリしたよー」

「ほんと、ろっちーったら、喧嘩《けんか》弱いんだから無理しちゃダメだよ」

口々に言う女性陣《じん》に対し、千景は苦笑しながら言葉を返した。

「弱くねえって」

「じゃあ、勝ったの？」

「……いや、負けた」

「やっぱりー」

溜息《ためいき》を吐《は》く少女達に、千景も溜息を突き返す。

「相手が強すぎたんだよ。ま、久々にまっとうな喧嘩だった。思ってたよりいい奴《やつ》だったしな」

黄昏《たそがれ》ながら紡《つむ》いだ言葉に、女性陣が一斉《いっせい》に言葉を吐き出してくる。

「何言ってるのかさっぱりわかんないんですけど」「いい人なのに喧嘩するとかあり得ないし」

「男っていつまでも子供だから……」「ろっちーは特に子供だから……」

「大人《おとな》なのは下半身だけだから……」「気色《きしょく》悪いです」「ていうかデートに女を八人誘うとかあり得ないんですけど」「あ、もう十人ぐらい誘ってたんだよ？」「大半は怒って帰りました」「マジ最悪だよね」「なんでうちら、こんな女ったらしにつきあってんの」「物好きだから？」

姦《かしま》しい声に心をグサグサと刺《さ》されながら、千景は目を細めてそっぽを向いた。

「好き放題だなお前ら。こないだテレビで三十何人だかのメイドさんを愛した貴族《きぞく》とかやってたけど、そいつよりはマシだろうよ」

「あれ？　でもすっごく羨《うらや》ましいって言ってたじゃん」

「……ま、それはともかく。今日は気を付けて帰れよ。駅までは一人になんなよ」

露骨《ろこつ》に話をそらした千景の言葉に、少女達は呆《あき》れつつも微笑《ほほえ》みを浮かべて口を開いた。

「解《わか》ってるって。ろっちー、マジで心配性《しょう》なんだから」

「じゃーねー」

簡単な別れを告げて歩道橋を降りる少女達。

青年はそんな彼女達を笑顔で見送った後、一人、夜の車道を眺《なが》め続ける。

数分の間、風に吹かれるままに沈黙《ちんもく》を続けていた千景だが――

独《ひと》り言《ごと》のように、車の走行音の中に自分の言葉を溶《と》け込ませた。

「しかし、あんなに完膚《かんぷ》無きまでにやられたのは初めてだわ。その後、医者まで世話してくれたとあっちゃ完敗だわ。変な医者だったけどな」

「あんたがタイマンで負ける事があるとはな」


その声は――青年のすぐ背後から聞こえてきた。

先刻までそこにいた少女達の物とはまるで違う、無骨《ぶこつ》な印象の男声だった。

千景《ちかげ》はその声に振りかえる事なく、町の灯《あか》りを見つめながら言葉を返す。

「ああ……。ありゃ人間じゃねえや。正直、二度とやりたくねぇ」

「そこまでヤバイ奴《やつ》なのかよ」

「ま、あいつに先にちょっかい出したのはうちの連中だし、これ以上やる理由はねえさ。俺《おれ》の我儘《わがまま》みたいなもんだからな」

「ま、俺らが来たのは、別に平和島《へいわじま》が目的じゃねえからな」

「ああ、その通りだ」

へへ、と短く笑い、千景は周囲に広がる気配に対して語り続けた。

「そう、平和島静雄《しずお》は『ついで』さ。俺達の本命は、あくまで今晩から相手にする奴らだ」

千景はゆっくりと顔をあげ、車道の中央分離帯から視線を外し、自分の周囲を睨《ね》め回す。

その視界の中には、彼の良く知る顔が並んでいた。

眼光。

鋭い眼光の群が、六条千景《ろくじょうちかげ》を貫いた。

だが、その視線に籠《こ》もる敵意《てきい》は、千景に向けられたものではない。

革《かわ》ジャンや特攻服《とっこうふく》を纏《まと》った、数十名の男達。

見るからに未成年なのにも関わらず、鋭い威圧感を周囲に滲《にじ》み込ませている。

当然ながら歩道橋に乗り切れる筈《はず》もなく、数名を除いては階段やその下の歩道に溜《とど》まっている状態だ。

六条千景は、そんな無骨《ぶこつ》な集団と静かに空気を同調させ——

徐々《じょじょ》に、放つ言葉にも鋭い空気を含ませる。

「目には目を。歯には歯を。義理にゃ義理を……卑怯《ひきょう》な手を使われたなら、こっちも卑怯な手を使うまでさ。勝手に池袋《いけぶくろ》で暴れたうちのバカどもには、そりゃケジメをつけさせたが……その後が良くねえやな」

「昨日《きのう》、また三人やられたぜ。完璧《かんぺき》に闇討《やみう》ちだ」

「……ちッ。好き勝手やってくれるなあ？　オイ」

仲間と思しき青年の報告に、千景はギリ、と歯を食いしばり——笑う。

「俺《おれ》らは善人じゃあねえからよ……。クソな連中相手にも正々堂々ってわけにゃいかねえよ」

そして、六条千景《ろくじょうちかげ》は——埼玉《さいたま》の暴走族『To羅丸《とらまる》』を束《たば》ねる男は、周囲の殺気だった男達に対し、実に静かに、それでいてハッキリと自分の抱《いだ》く暗い情動を語り始める。

「意趣《いしゅ》返しなのかもしれねえが、やり口が気にくわねえよ。……わざわざ埼玉にまで来て、うちのメンバーはともかく、関係ねえ連中まで闇討ちしてくれやがった。……俺らのチームだけなら、まだこっちに非があるから話の落としどころもあんだけどよ」

副総長らしき男は、首をゴキリと鳴らし、一つの固有名詞を呟《つぶや》いた。

「こっちでの評判は知らねえが……。ダラーズってのは、相当イカレたチームらしいな」

「どんな連中だろうが関係ねえさ」

あっさりと『喧嘩《けんか》に負けた』と告げた総長の言葉にも、彼らの眼光は微塵《みじん》も曇る事はない。

池袋《いけぶくろ》で好き勝手に暴れていた面々とは違う、強固な結束で繋《つな》がった不良達。

「俺達がどんな連中か、ダラーズとかいう巫山戯《ふざけ》た名前の連中に教えてやるさ」

無言のまま千景の言葉を聞き続ける男達。

だが、彼らの心には徐々《じょじょ》に暗く熱《あつ》い炎《ほのお》が灯《とも》り始め、その高ぶりは一つの目的に対する結束へと昇華《しょうか》される。

復讐《ふくしゅう》。

正体不明のチームに、町を荒らされた事。

面子《メンツ》を潰《つぶ》された事。

あるいは、チーム以外の友人や知人、家族が襲《おそ》われたのかもしれない。

そんなドロリとした怒りを喉《のど》の奥にため込んだ少年達を前に、六条千景は、その塊《かたまり》を解き放つ言葉を吐《は》き出した。

「ダラーズの連中に……どっちが本当にイカレてるのか、それを教えてやろうじゃねえか！」


「「「「「オオオオォォォォォオオオォォォォアアアッツッツ！」」」」」


夜の町に、怒りの声が波動となって響き渡ったが――

彼らは即座にその場を解散し、目立つ前に街の闇《やみ》へと消えていく。

そんな彼らを、歩道橋の上から眺《なが》める千景。

静雄《しずお》と殴《なぐ》り合った時とは違う、悪党らしい残酷《ざんこく》な笑みを浮かべながら――

「あー、そうそう、ここにいる本隊の連中は解《わか》ってると思うがよ」

彼は最後に、一つだけ付け加えた。

「例えダラーズだろうと、女に手ぇあげた奴《やつ》は……俺《おれ》が直々《じきじき》にぶち殺すから、そう思え」

# 『闇医者のノロケ話　その弐』

やあセルティ。待たせて御免《ごめん》よ。

なんかドタバタしちゃったねえ。

チャット、途中《とちゅう》で中断しちゃったみたいだけど大丈夫《だいじょうぶ》？　セルティが楽しみにしてる定時チャットだったんでしょ？　あの、罪歌《さいか》の眼鏡《めがね》ッ子とかも参加してる。

いやー、静雄《しずお》の奴《やつ》、突然血だらけの子を連れてくるから何かと思ったよ。

なんか喧嘩《けんか》したみたい。

でも、あいつが自分で殴《なぐ》った奴をここに連れてくるのなんて本当に久しぶりだよ。

高校の時以来じゃないかな。もっとも、その頃の僕にできるのは応急手当がせいぜいだったんだけどね。君はあの時は確か仕事中だったっけか。

あの頃は、学校の事はセルティには殆《ほとん》ど話さなかったけど、結構殺伐《さつばつ》としてたんだよ？

もう、出会った頃から静雄と臨也《いざや》は犬猿《けんえん》の仲でね。

犬猿っていうより、吸血鬼《きゅうけつき》と狼男《おおかみおとこ》って感じかな。

そういえばセルティって本物の吸血鬼《きゆうけつき》とか狼男《おおかみおとこ》って会ったことあるの？

へえ、そうなんだ。
吸血鬼とか狼男にも色々いるんだねえ。
日本に来てからは吸血鬼は殆《ほとん》ど観《み》てないかあ。そりゃそうだよね。
ていうか、セルティ自身が一番目立ってる怪異《かいい》だからねえ。
……それでも、リトルグレイは恐いの？
いや、セルティ？　セルティ？
リトルグレイが恐竜《きようりゆう》を絶滅させたって話、いまだに信じてるのかい？

……。

いやいや、セルティ、フォトンベルトは別に巨大な生命体じゃないんだよ？『フォトンベルトに食べられるかも』って感想初めて聞いたよ僕は。

……。

いやいやいや！　四次元人とかそう簡単に来ないから！
遊馬崎《ゆまさき》君があんなに頑張《がんば》ってるのに、三次元の人達は二次元に入れないでしょ！　だね！

から四次元の人達も簡単にこっちにはこれないから！　大丈夫《だいじょうぶ》！　……四次元から来る立方体が恐いって、『度胸星《どきょうぼし》』でも読んだのかい？　漫画と現実をごっちゃにしないで！

全くもう、セルティは幽霊《ゆうれい》とか妖怪《ようかい》は全然怖がらないのに、宇宙人とかそういうの全然駄目《だめ》だよね。そういえばテレビとかの特番でよく討論やってるけど、幽霊は信じるけど金星人は信じないっていう人はあんまり見かけないよね。賛成派と反対派の席を行ったり来たりして欲しいのに。

……そのテレビ番組で思い出したって、今度は何？

……。

大丈夫！　予言とか恐くないから！

ほら！　１９９９年も何も無かったろ？　２０１２年も大丈夫だから！

そういえばセルティ、１９９９年の６月には『無くしてしまった自分の首こそが恐怖の大王かもしれない』とか震《ふる》えてたよね。

え？　マヤ文明の暦《こよみ》が２０１２年で止まってる？

ちょ、じゃあマヤ文明の人達は何年先まで暦作っておけば良かったの？

３０００年？　５億《おく》年？

どんだけマヤ文明の人達に仕事させるつもり!?　マヤ文明の人達が一年分のカレンダー作る

のにどれだけ苦労するかも知らないで！　いや、俺《おれ》も知らないけどさ。

ていうか、それ言ったら僕の手帳のカレンダーも２００９年分までしか書いてないよ？

……セルティ？　２００９年が恐いとか言い出さないでよ？

大体、２０１２年よりも先に核戦争や隕石《いんせき》で人類が滅びる可能性を全く考えてないよね。

もしもその説が１８００年頃に出回ってたら、『２０１２年までは絶対に大丈夫《だいじょうぶ》なんだ！ヒャッホー！』って喜ぶ人達も出てきたと思うよ？　無視する人が大半だろうけど。

ま、予言者っていう奴《やつ》の大半は、根拠《こんきょ》の薄《うす》い話をこねくり回してもっともらしい言い方にする事に長《た》けた連中だと思うよ？　本物が絶対にいないとは言わないけどね。

例えばそう……臨也《いざや》の奴がいるだろ？

奴は、予言者に近い性質を持ってるよ。

あいつは、さも全《すべ》ての事を見透《す》かしているような物言いをするだろ？

何かトラブルがあった時に、後から飄々《ひょうひょう》と現れて、自分が上手《うま》く立ち回ったように振る舞い――実際に、その後に美味《おい》しい所を持って行くんだ。実際は、現れるまで何もしてなかったのにさ。

本物じゃない予言者達が、既《すで》に起こった事件について、昔から予言してました、みたいな言い方するのと一緒だよ。そして、それを他人に信じ込ませるのが折原《おりはら》臨也の特性だね。

実際、冷静に聞いてみると、あいつの口車《くちぐるま》って普段は騙《だま》されるようなものじゃないんだけど……あいつはいつも、最高のタイミングで最悪の事を口走って、こっちの心を揺さぶってくるんだ。

臨也が予言者とか名乗ってテレビに出たら、さぞ人気が出る事だろうねえ。

まあ、あいつは適当に信者が生まれた所で、飽《あ》きたら『日本が沈没する』とかとんでもない事を言って混乱させて身を隠《かく》すと思うけど。

高校の頃から、あいつは人をそそのかすのが上手かったから。

騙す、っていうより、あいつは人をそそのかすのが上手いんだよ。無駄《むだ》にね。

まったく、おかげで高校の頃は散々だったよ？　静雄《しずお》は凶暴《きょうぼう》だし臨也は胡散臭《うさんくさ》いしで、周《まわ》りに女の子一人寄ってこない。まあ、僕はセルティと一緒に暮らしてたから女の子なんて要《い》らなかったけどね。

ともかく、臨也の口車にだけは乗ったらダメだよ。偽者《にせもの》の予言者と違って、あいつには善意の欠片《かけら》も無いからね。まあ、善意でインチキ予言とかやられても困るけど。

え？　僕が世界が滅ぶ未来を観《み》てしまった本物の予言者だったらどうするかって？

……僕は今、『予言とかよりも現実の臨也を怖がった方がいいよ』って熱《あつ》く語ったつもりなんだけど、まったくスルーされたと思っていいのかな？

なんだか悲しいけど、まあセルティはそんな所も可愛《かわい》いからしょうがない。

本当に未来が予言できて、それで人類の行動次第で本当に滅亡が回避《かいひ》できるんだとしたら、例えばギャンブルで100億《おく》円ぐらい儲《もう》けてから株でそれを数兆《ちょう》円にして、その財力を使って自分の予言パワーを証明&宣伝してから未来の危機を伝えるよ。滅亡まで3日しかないとかなら、諦《あきら》めてセルティを抱《だ》きしめるよ！

……おかしいな。ここはセルティが感動して僕に飛びついてくる所だよ？

でも、完全に存在を証明された予言者って、ある意味タイムマシンと同じだよね。未来から過去に情報を送る事しかできないタイムマシンと同じ機能。

……。

セルティ、頼むからAIの氾濫《はんらん》が恐いとか言い出さないでよ？

全くもうセルティは、普段強気な癖《くせ》に宇宙人とかの話になると恐がりさんのスイッチが入っちゃうんだから。そこが凄《すご》く可愛いんだけどね！

……。

……あれ、抓《つね》ったり、影でチクチク刺《さ》したりしてきたりしないの？

ほら、私はマゾってわけじゃないけど、いつもある攻撃《こうげき》が無いとそれはそれで心配っていうか……。

『落ちついた。ありがとう』って……。

かなり本気で怖がってたんだねえ。

いいよ、僕の胸で泣くといい。そして一緒に寝よう。ピロートークでもっと慰《なぐさ》めてテテテ痛テテテやっといつもの調子になってきたねねねねねね痛い痛いッ！　いッ……ッツつぅーッ！


ああ痛かった。でも、君が元気になって良かったよ。

ま、でも、僕は別に超常現象の懐疑《かいぎ》派ってわけじゃないんだよ？　寧《むし》ろ肯定《こうてい》派さ。

だって、セルティっていう奇跡《きせき》が目の前にいるんだもの。

さっきは怪異《かいい》って言ったけど、訂正《ていせい》するよ。

君は妖精《ようせい》でも妖怪《ようかい》でも幽霊《ゆうれい》でもない。

愛の奇跡だ。

僕にとっては君が妖精だろうと悪魔《あくま》だろうと天使だろうと関係無いよ。

『実のなる木は花から知れる』とは言うけど、君の場合は『蜜《みつ》の甘《あま》さは木漏《こも》れ日から知れる』とでも表現すべきかな。僕は君と知り合った頃から、君がどれだけ魅力《みりょく》的なのか理解していたよ！　一方的にね！

……ん？

ああ、良いところなのに！

ごめんよ、セルティ。静雄《しずお》が連れてきた子が目を覚ましたみたいだ。

ちょっと事情を説明してくるよ。暴《あば》れられても困るからね。


ふう、お待たせ。

もう歩けるみたいだから、帰って貰《もら》ったよ。静雄に殴《なぐ》られたなら、本当は脳の精密検査とか受けた方がいいから、とりあえずそういう設備のある知り合いの闇《やみ》医者を紹介《しょうかい》しておいたよ。

やっぱり検査機が無いのは色々不便を感じてね。父《とう》さんの会社の人達から先月紹介してもらったんだよ。

それにしても静雄の奴《やつ》、僕が安く見積もってやってるからってここに頼り過ぎだよ。俺《おれ》とセルティの愛の巣を、赤十字のテントか何かと勘違《かんちが》いしてるよね。

まったく、僕みたいな闇医者と一緒にしたら普通のお医者さん達に失礼だけどね。

そういえば、セルティは戦争とかそういうのの経験あるんだっけ？

……。

その辺の記憶《きおく》はやっぱり曖昧《あいまい》なんだね。

首の方にあると思うって……。ダメだよ、セルティ、また首を探すなんて言い出しちゃ。

まあ、この街にいる限りは、暫《しばら》くは戦争なんて無縁《むえん》だとは思うけどね。

日本人は平和ボケとかよく言うけれど、僕は平和ボケできる状況に感謝するよ。それだけセルティと静かな時間を過ごせるって事だからね。

でもいつ平和じゃない状況になるか解《わか》らないから、今のうちに沢山《たくさん》愛を育《はぐく》まないとね！

さあ、まずはさっきの続きをヲヲヲヲデデデデデデ、痛い、痛いって！　影を使って両手同時に腕《うで》ひしぎってどうなノノノノノギブッ！　ギブギブギブ……ッ！

# 2章

# 燵蠢

DRRR!! 5

NA9-30

Ryohgo Narita

5月3日　池袋某所《いけぶくろぼうしょ》

平和島静雄《へいわじましずお》が謎《なぞ》の少女にスタンガンを押しつけられていた頃――

セルティ・ストゥルルソンもまた、非日常の中に己の身を投じていた。

もっとも、彼女の場合はそれが仕事だったのだが。


――平和ボケ、ねえ。

セルティは肌触《はだざわ》りの良いソファーに腰掛《こしか》けながら、昨晩《さくばん》に相方《あいかた》の闇《やみ》医者から聞いた単語を思い出していた。

――どう考えても、闇医者と運び屋には無縁《むえん》な言葉だと思う。

彼女が座っている部屋は、一見すると小綺麗《こぎれい》なオフィスといった感じの場所だ。

だが、その内装には全くの無駄《むだ》が無く、机なども必要最低限の数で済まされている。

そして、彼女はその内装が、この事務所を即座に撤収《てっしゅう》、もしくは別のテナントへと変化させる事ができるようにするためのものである事を知っていた。

更に、そのようなケースとなるのは——警察の手が延び始めた時だという事も。

「どうも、すみませんね。わざわざお越し頂いて。あ、おしぼりでもお持ちしましょうか」

『いえ、お気遣《づか》い無く』

手持ちのPDAに文字を羅列《られつ》させながら、セルティは対面に座る男に意識を向ける。

30歳《さい》前後と思しきその男は、名を四木《しき》と言った。

闇医者《やみいしゃ》の新羅《しんら》によく仕事を持ち込む男で、セルティも何度か運び屋としての仕事を依頼されたことがある。

彼は、表向きは小さな絵画販売代理店の代表という事になっているのだが——実際には、別の大きな組織の一角を担《にな》っており——早い話が、『目出井《めでい》組系　粟楠会《あわくすかい》』という、その道の組織の幹部を務めている。

要するに、この事務所はその仮面企業のオフィスであり、絵画販売の会社だというのに、応接室にすら絵は一枚も飾られていない。

「形だけでも飾った方がいいというのは解《わか》るんですがね。今ひとつ美意識に合った絵画を入手できないもので」

そんな事を過去に語っていたような気がするが、セルティにとってはどうでもよい事だった。

それよりも今は、事務所に新しい人間が入ってくる度に、セルティの姿を見て身構えるのが気になっていた。

『……あの、なんか皆さん、ピリピリなさっているようですが』

「ん？　ああ、申し訳ない。先日、系列企業の金融《きんゆう》事務所に貴方《あなた》と同じような格好をされた方がいらっしゃいまして、少々荒っぽいクレームを入れてきたものですから」

現在のセルティの格好は、黒いライダースーツにフルフェイスのヘルメットといった格好だ。

つまりはどういう事なのかを理解し、セルティはウンザリしながら文字を打つ。

『着替えて来ましょうか？』

——ま、こういう時に、ウンザリした表情が出ないのは私の利点だね。

「そんなにウンザリすることはないですよ」

——エスパーッ!?

『心でも読めるのですか？』

「細かい所作《しょさ》を観《み》れば解《わか》りますよ。顔を隠《かく》したぐらいで相手の機微《きび》が解らないようでは、私達の業界は渡り歩けません。ああ、そうそう、着替えはご自由に。なんでしたら、ヘルメットを取って頂いても構いませんよ」

——……。

『いいんですか？　ヘルメットを取って』

「ええ。というか、室内では取るのが普通だと思いますが」

『私がその……どういう存在か、御存知ですよね？　その上で？』

「構いませんよ」

全く視線がぶれない四木《しき》の言葉に、セルティは戸惑《とまど》いながらもヘルメットを首から外した。

次の瞬間《しゅんかん》――部屋の中に居た何人かの男達が動きを止め、たまたま側《そば》を通りかかった若い『社員』が、身体《からだ》をビクリと震《ふる》わせて声を上げる。

「ウおッ!?　なッ……ば、化け……」

刹那《せつな》、四木が機敏《きびん》にソファーから立ち上がり、その若者の襟首《えりくび》を掴《つか》み上げた。

そしてそのまま相手が何か言おうとするのも聞かずに、手近にあったロッカーの角にその顔面を叩《たた》きつける。

「がッ……」

短い呻《うめ》きをあげ、口から血を流す若い男。

四木は、その男の襟首を持ち上げ、己の額《ひたい》を相手のコメカミにコツンと当てながら無表情で呟《つぶや》いた。

「客の顔を見て悲鳴あげるというのは、どういう了見《りょうけん》だ？」

「あぐ……ぶぐッ……」

「俺《おれ》は今、なんて言った？　室内ではヘルメットを取るのが普通だと言ったんだぞ？」

『あの、ちょっと』

セルティは何が起こったのか解《わか》らず、慌《あわ》ててPDAに文章を打ち込むが、当然ながら四木は画面の方を見ていないので、伝わりようがない。

「それなのに、何故《なぜ》俺の部下であるお前が、ヘルメットを取った客に悲鳴をあげる？」

「……ず……いやせん……」

呻き声で謝る部下の言葉に、四木はニコリと笑いながら、冷たい言葉を吐《は》き出した。

「謝る相手が違うだろう？　私に謝ってどうする気なんだ？」

更に一撃《いちげき》を加えようとした所で——四木の腕《うで》に、黒い『影』が絡《から》みつく。

それは、文字通り『影』だった。

質量を持った影が三次元空間に浮き上がり、触手《しょくしゅ》のように宙を蠢《うごめ》いて四木の手を止めたのだ。

「……」

静かに振り返った四木の前に、新しい文字の記されたPDAの画面が差し出された。

『あの、私は気にしてません』

大文字で綴《つづ》られたPDAもまた、四木の腕を止めたものとは別の影によって支えられていた。

その無数の影はセルティの手から延びており、様子を見守っていた『社員』達は目を丸くしているが、四木が若い社員にした事を見ている為に、ざわめき声一つ上がらない状態だ。

四木《しき》はゆっくりと椅子《いす》に腰掛《こしか》けながら、何事もなかったかのような微笑《ほほえ》みを浮かべ、一言。

「そうですか。大変お見苦しい所をお見せ致しました」

『いえ』

——……やっぱりおっかないな。この人達。

——白バイ隊員達とはまた別の怖さだ。

「申し訳ありません、ヘルメットを脱《ぬ》いでも構わないと言ったのはこちらなのに、うちの社員には私の言葉の意味が上手《うま》く伝わっていなかったようです」

深々と頭を下げる四木に、セルティは底冷えするような圧力を感じていた。

——確か……この人に、ヘルメットを脱いでみせるのは初めての筈《はず》だけど。

確かに四木という男は、セルティのヘルメットの下を生《なま》で見るのは初めてだった。

だが、彼の表情には動揺は疎《おろ》か、呼吸一つ乱れた様子すら感じられない。

セルティはそれが不気味《ぶきみ》で仕方なかった。

——……。完全にスルーされると、それはそれでプレッシャーが……。

何しろセルティは、現在鼻を押さえながらこちらに頭を下げている若者が口走った悲鳴こそが、人として普通の反応だと考えていたのだから。

そもそも、手から延びる影の奇妙《きみょう》さ以前に——

彼女のヘルメットの下――首から上には、何も存在しなかったのだから。

♂♀

セルティ・ストゥルルソンは人間ではない。

俗に『デュラハン』と呼ばれる、スコットランドからアイルランドを居《きょ》とする妖精《ようせい》の一種であり――天命が近い者の住む邸宅《ていたく》に、その死期の訪れを告げて回る存在だ。

切り落とした己の首を脇《わき》に抱《かか》え、俗にコシュタ・バワーと呼ばれる首無し馬に牽《ひ》かれた二輪の馬車に乗り、死期が迫る者の家へと訪れる。うっかり戸口を開けようものならば、タライに満たされた血液を浴びせかけられる――そんな不吉《ふきつ》の使者の代表として、バンシーと共に欧州の神話の中で語り継《つ》がれて来た。

一部の説では、北欧神話に見られるヴァルキリーが地上に堕《お》ちた姿とも言われているが、実際のところは彼女自身にもわからない。

知らない、というわけではない。

正確に言うならば、思い出せないのだ。

祖国で何者かに自分の『首』を盗《ぬす》まれた彼女は、自分の存在についての記《き》憶《おく》を欠落してしまったのだ。それを取り戻すために、己の首の気配を追い、この池袋《いけぶくろ》にやってきたのだ。

首無し馬をバイクに、鎧《よろい》をライダースーツに変えて、何十年もこの街を彷徨《さまよ》った。

しかし結局首を奪還《だっかん》する事は適《かな》わず、記憶《きおく》も未だに戻っていない。

首を盗《ぬす》んだ犯人も分かっている。

首を探すのを妨害《ぼうがい》した者も知っている。

だが、結果として首の行方《ゆくえ》は解《わか》らない。

セルティは、今ではそれでいいと思っている。

自分が愛する人間と、自分を受け入れてくれる人間達と共に過ごす事ができる。

これが幸せだと感じられるのならば、今の自分のままで生きていこうと。

強い決意を胸に秘め、存在しない顔の代わりに、行動でその意志を示す首無し女。

それが——セルティ・ストゥルルソンという存在だった。

♂♀

そして、その首無しの妖精《ようせい》は、しがない運び屋として池袋《いけぶくろ》の街で表《おもて》裏《うら》問わず、様々な人間の依頼を引き受けて暮らしていたのだが——

今回は、これでもかという程《ほど》に裏側の仕事である事は間違い無いようだ。

「すいませんね。彼はこの前まで金融《きんゆう》業者の債権《さいけん》回収をやっていたのですが、声ばかりが大きくて、どうにも回収率が悪いもので、こちらに左遷《させん》されてきたのですよ」

『債権回収っていうと、静雄《しずお》がやってるみたいな』

勢いで書いてから、セルティはしまったとばかりに身体《からだ》を硬直させた。

静雄がこちら側の仕事に就《つ》きたがるわけがない。もしも四木《しき》達が本気で彼をスカウトしようとしたらどうしようと不安になる。

だが、四木の反応は存外に素《そ》っ気《け》ないものだった。

「静雄……。ああ、彼ですか」

平和島《へいわじま》静雄の事は既に知っているらしく、四木は僅《わず》かに視線を逸《そ》らしながら言葉を紡《つむ》ぐ。

「彼がやってるのは、テレクラの取り立てでしょう？　うちみたいな企業とはノータッチの筈《はず》ですよ。ま、どこかのバカな男が、うちから金をつまんだ上に、そのテレクラの代金を踏み倒そうとしてエラい目にあったようですが」

『はあ』

「……彼みたいな、警察にも有名な抑《おさ》えのきかないトラブルメーカーをわざわざ取り立て人にしようなんて闇金《やみきん》があると思いますか？」

『思いません』

納得せざるを得ない答えだった。

そう考えると、警察沙汰《ざた》にならぬように彼の手綱《たづな》を握《にぎ》っているあのドレッドヘアの上司《じょうし》は、自分が思っている以上に凄《すご》い人間なのかもしれない。

「ま、彼のことはともかく、仕事の話に移りましょうか」

四木《しき》は淡々と語り始め、懐《ふところ》から一枚の写真を取り出した。

「今回の件は、運び屋としての仕事というよりも……以前に資材回収をお願いした時のような、ちょっと特殊な事柄でしてね」

『なるほど』

セルティの脳裏《のうり》に思い浮かぶのは、一年前に彼らから依頼された一つの事件。

拳銃《けんじゅう》を持ち逃げした男達が逃走しており、警察よりも先にその銃器《じゅうき》を回収して運んで欲しいという仕事だった。

セルティとしては気の進まない仕事だったが、持ち逃げしたのが簡単に一般人にも銃口《じゅうこう》を向けそうな面子《メンツ》だと知り、粟楠《あわくす》会には来日当時にいくつか大きな借りを作っているので、渋々《しぶしぶ》引き受ける結果となった。

——あの時も、こっそり回収に失敗したフリをして警察に渡そうとしたのに、それよりも先にこの男が来たからな……。

色々と侮《あなど》れない男だというのは確かだが、今回も仕事を受ける場合には慎重《しんちょう》になる必要があるだろう。自分だけならともかく、新羅《しんら》や池袋《いけぶくろ》の人々——一般市民全員とまではいかずとも、帝人《みかど》や杏里《あんり》、静雄《しずお》や門田《かどた》などの知り合い達のマイナスになるような仕事なら、受けるにしろ断るにしろ一計を案じる必要がある。

そして、セルティは警戒《けいかい》しながらその写真を手に取った。

眼球を介《かい》さぬセルティ独自の視覚に映し出された写真には、一人の中年が写っていた。年は四十代半ばから五十歳《さい》前後といった所だろうか。人の良さそうな雰囲気《ふんいき》の、爽《さわ》やかな笑顔を浮かべた紳士《しんし》風《ふう》の男だ。

目には老眼鏡らしきものをかけており、全体の服装はフォーマルなものであり、どこかの会社の社長か、どこかの私立学園の理事長といった表現が当てはまる男だった。

──誰だろう。

──まさか、この男を殺せって言うんじゃないだろうな。

『あの、この人は？』

一瞬《いっしゅん》『こいつを殺せと言うんじゃないでしょうね』と書こうとしたが、もしもこの男が組の上役か何かだった場合にとんでもない事になるので、この場は素直に聞いておく事にした。

「澱切陣内《よどぎりじんない》。澱切シャイニング・コーポレーションの代表取締役だった男……と言えば、耳にした事ぐらいはあるんじゃないですか？」

──ああ！

──あの、聖辺《ひじりべ》ルリの！

『解《わか》ります』

セルティの脳裏《のうり》に浮かんだのは、一人のトップアイドルの名前だった。

聖辺《ひじりべ》ルリ。

最近、男性アイドルの羽島幽平《はねじまゆうへい》との熱愛が発覚してマスコミの注目の的となっている若手女優だ。彼女の演技は実に通好《つう》みであり、セルティは新羅《しんら》と揃《そろ》って彼女のファンであり、その動向は逐次《ちくじ》注目している。

そんな彼女が、熱愛発覚と同時に見舞われた一つのトラブル。

所属事務所である澱切《よどぎり》シャイニング・コーポレーションの社長、澱切陣内《じんない》が謎《なぞ》の失踪《しっそう》を遂《と》げ、事務所の所属タレント達は事実上放逐《ほうちく》される形となってしまったのだ。

行く当ての無くなった彼女を、その日の内に引き受けると申し出たのが、羽島幽平の所属する『ジャックランタン・ジャパン』である。

それもまた、彼女を愛する羽島幽平が事務所の社長に口を利いたのではないかという噂《うわさ》もあるが、社長失踪《しっそう》のニュースの方が大きく取りざたされ――一ヶ月経《た》った現在では、既《すで》に事件そのものが忘れられつつある状況だ。

『それで、芸能事務所の社長がどうしたのですか?』

セルティの問いに、四木《しき》は右手の人差し指で机をトン、と叩《たた》きながら答えを返す。

「私達とも、少し個人的な取引があったのですが……少しばかり意見に齟齬《そご》が生じまして」

『はあ』

「無論、我々も使える情報網の全《すべ》てを使って探しているのですが……実際の話、猫《ねこ》の手も借りたい状況でしてね。ぶっちゃけた話、これに全《すべ》ての時間を割《さ》けとは申しませんが、貴方《あなた》は運び屋として様々な類《たぐい》の人間と接触《せっしょく》する機会をお持ちです。そこで、何か情報がありましたら連絡して頂ければと思いましてね……」

『お役に立てるかどうかは解《わか》りませんが』

――だとしても、私をここに呼び出してまで頼む事だろうか？

――それに、良く解らないけど、見つけて連絡したら、この濁切って人、山の奥で肥料になっちゃったり海の底で魚の餌《えさ》になっちゃったりするんだろうなあ。

セルティがあまり乗り気になれずにいると、四木は苦笑しながら呟《つぶや》いた。

「いえ、そちらの件はできれば、という話ですよ。そんなに重く考えて頂く必要はありません」

――また見透《みす》かされた。

目の前の男を警戒《けいかい》しつつ、セルティは静かに相手の言葉の続きを待った。

今の言い方からすると、当然ながら他にも何か仕事があるという事なのだろう。

「それで……貴方にお願いしたい事がもう一つありましてね……」

「こちらも、運び屋とは少々異なる話なのですが……」

♂♀

5月3日　夕方
川越街道沿《かわごえかいどうぞ》い　某《ぼう》高級マンション

――ああ、セルティ早く帰ってこないかなあ。

首無し妖精《ようせい》と人間が同居する、高級マンション。

150㎡の面積に5LDKという贅沢《ぜいたく》な居住スペースの中心で、岸谷新羅《きしたにしんら》は愛する女性の帰りを待ちながらゴロゴロと絨毯《じゅうたん》の上を転がっている。

服装はなんと白衣のままで、衛生もなにもあったものではなく、単なる変態にしか見えないのだが――部屋の隅《すみ》にはビニールに包まれた別の白衣が掛けられており、どうやら仕事用とプライベート用の白衣を使い分けているようだ。

もっとも、プライベートでも白衣を着ている時点で充分おかしいのだが。

新羅は闇《やみ》医者として、普通の医者に診《み》せられぬ事情の人間達を扱うのだが、レントゲンなどの検査機器があるわけではないので、あまり需要のある方ではない。

ただ、完全にフリーな立場という事もあり、固定客のようなものは確かに存在している。

まともに働こうと思えば職にありつけるだけの技術や知識、資格を有してはいるものの、基本的にその考えは無いらしく、駄目《だめ》人間としての日々をセルティと共に過ごしていた。

——四木《しき》さんの仕事かあ。

——セルティ、最近あんまりあっちがらみの仕事をしたがらないよねえ。

——人間をなんとも思ってなかった頃は、割と平気で受けてたけど。

——ま、四木さんもその辺は汲《く》んでくれるでしょ。

別に新羅は、四木が善人だと考えているわけではない。

彼はどうしようもない程に、社会の裏側《うら》に浸《ひた》っている人間だと理解している。

だが、それを渡り歩いてきたからこそ、セルティのように揺れている人間に、黒みの強い仕事を回そうとはしないだろう。

適材適所。

四木はそういう仕事はセルティではなく、不安要素の少ない別の人間に回す。そういう非情なタイプの人間だと理解してるからこそ、新羅は逆に安心していた。

本来はそうした人間に関わらぬのが一番なのだが、人間ではないセルティの立場を考えると、仕事の選り好《え》みをしている余裕《よゆう》もない。

——あーあ。宝くじで3億《おく》円当たったとしても、セルティは日々の充実の為に仕事するとか言い出すだろうしねえ。

──……子供でもいれば、子育てに充実して専業主婦になってくれるのかな。

──……。やっぱり、僕とセルティの間に子供が生まれるかどうか確かめないと。

──養子を貰《もら》うのもアリかな。……戸籍《こせき》上は、父《とう》さんと義母《かあ》さんの養子という事にして。

──……あれ、俺《おれ》が専業主夫になって、セルティが仕事するイメージが浮かんできたよ？

──セルティの専業主婦姿……。

──影で作る……エプロン。

──え!?　裸《はだか》エプロン!?

自分で想像した事にニヤニヤしながら、一層激しく絨毯《じゅうたん》の上を転がる新羅《しんら》。

もはや変態以外の何者でもないその姿だが、現在はツッコミを入れる同居人の姿はない。


と、そんな状態が30分程《ほど》続いた所で、チャイムが鳴った。

「あ、帰ってきたかな？」

セルティの帰宅かと考え、新羅はうきうきした調子で起き上がる。

何度も鳴らされるチャイムを聞き、足早に玄関《げんかん》へと歩を進めながら呟《つぶや》いた。

「なんでチャイム鳴らすんだろ。鍵《かぎ》を忘れちゃったのかな？」

頭の中がセルティでいっぱいだった為に、チャイムの主がセルティ以外であるというもっとも大きい可能性がすっかり抜け落ちている新羅。

扉《とびら》を開ける時点でそれに気付いたのだが、時既《すで》に遅く——

開かれた戸の先には、夕べ見たばかりのバーテン服があった。

「……」

銃《じゅう》を持った殺し屋や強盗《ごうとう》の類《たぐい》が立っていなかっただけマシと思いたいが、純粋な危険度ではいい勝負だろう。

新羅は扉を半分締《し》めかけ、溜息《ためいき》混じりに呟《つぶや》いた。

「……鍵がないとエントランスに入れないタイプのマンションに引っ越そうかな、本当」

「良く解《わか》らんが、ぶん殴《なぐ》られたいらしいな」

静雄《しずお》の言葉に、新羅は苦笑しながら手を振った。

「勘弁《かんべん》してくれ、お前に殴られたら本気で死ぬ可能性を考えなきゃいけない」

「入っていいか？」

頬《ほお》を掻《か》きながら呟《つぶや》く昔なじみに、新羅は淡々と言葉を返す。

「まあ、いいけどさ。何の用だい？　昨日《きのう》連れてきた子ならもう歩けるようになったから帰ったよ」

「ああ、知ってる。さっき街にいたらしい」

「元気だねえ。君に何回も殴られたっていうのに。よく頸椎《けいつい》が外れなかったもんだ」

なんだかんだ言いながらも扉《とびら》を再び開け広げ、静雄《しずお》を扉の内側に引き入れようとしたのだが

——


「……あれ？」

静雄の他に、別の人影がある事に気が付いた。

「あれ？　ええと、静雄の上司《じょうし》の……」

「ああ、紹介《しょうかい》するのは初めてだよな。この人はトム先輩《せんぱい》」

「うん、それは解《わか》る、解るんだけど……」

新羅《しんら》の視線は、既《すで》にドレッドヘアの青年ではなく——

静雄の腰《こし》のベルトをがっしりと握《にぎ》り込んだ、小学生ぐらいの少女に向けられていた。


「その女の子……誰？」

♂♀

同時刻　来良《らいら》学園

私立だろうと公立だろうと、連休は連休だ。

池袋《いけぶくろ》駅から近い事で有名な高校、私立来良学園もまた、当然ながら世間と同じように連休の初日を迎えていた。

しかし、学校には想像以上に多くの人間が溢《あふ》れている。

運動部が狭《せま》いグラウンドで必死に声を出しており、文化部も6月の芸術コンクールに向けてそれぞれの作業を進めている状態だ。

竜ヶ峰《りゅうがみね》帝人《みかど》もまた、休日中の校舎に訪れた学生の一人だった。

彼は帰宅部ではあるのだが、クラス委員であるため、修学旅行の打ち合わせに訪れたのだ。

本来なら学校の放課後に行われる事なのだが、連日の会議が予定よりも長引き、穴埋《う》めの為に連休の初日が使われる事となった。

学校側は渋《しぶ》ったのだが、生徒達が自主的に言い出したという事もあり、既に予定が入っていて来れなかった委員に対しては連休明けに意見を聞いて最終的に調整する事で纏《まと》まったのだ。

「やれやれ、やっと終わった」

自分達の代の修学旅行のプランを決めるとはいえ、こんなにも大激論になるとは思っていなかった。

そんな帝人に、背後から小さな声が掛けられる。

「帝人君、お疲れ様です」

「あ、園原《そのはら》さん。ほんと、大変だったねえ」

帝人《みかど》の後ろに立っていたのは、クラス委員仲間である少女、園原杏里《そのはらあんり》だ。

もっとも、クラス委員以前に、彼女とは入学当初からの付き合いがあるのだが。

帝人が杏里の事を好きだというのは、本人は口にしていないがもはや公然の事実であり、杏里も帝人とよく接しているので、学園内では公認カップルのような扱いになっていた。

しかし、その事実を当の帝人や杏里は知らない。

彼らにとっては、自分達はまだ友人同士の関係であるという認識だからだ。

帝人の中には、今すぐにでも告白したいという情動はあるものの、それはある問題を解決してからだという思いがある。

頭の中に浮かぶのは、最近学校を辞《や》めた親友の顔。

紀田正臣《きだまさおみ》。

同郷の幼馴染《おさななじ》みであり、そこに杏里も加わる事によって、三人で高校生活を充実させてきた。

だが、しかし——

三人の中には、それぞれ大きな秘密が眠《ねむ》っていた。

カラーギャング『ダラーズ』の創始者である竜ケ峰《りゅうがみね》帝人。

彼らと対立していたギャング『黄巾賊《こうきんぞく》』の創始者であり、リーダーでもあった紀田正臣。

そして——セルティ・ストゥルルソンと同じような、人ならざる『異形《いぎょう》』を己の内に内包した少女、園原杏里。

彼らは、とある事件をきっかけとして、お互いの素性《すじょう》を少しずつ知る事になったのだが——

結果として、紀田正臣が彼らの前から消えた。

だが、帝人も杏里も、それを決別だとは思っていない。

絶対に戻ってくると信じているからこそ、彼らはお互いの秘密についても、何も詮索《せんさく》はしていなかった。

正臣が自分達の前に戻ってきた時、お互いの事を話そう。

そう、心に決めていたからだ。

よって、二人の関係は特に進展することも崩壊《ほうかい》することもなく、微妙《びみょう》なバランスをとりながら日々を歩み続けている状態だったといえる。


しかし——そのバランスを崩《くず》す出来事が、昨日《きのう》起こった。

チャットの中で『田中太郎《たなかたろう》』と名乗っている帝人に、『バキュラ』と名乗っている正臣が、田中太郎ではなく、竜ヶ峰帝人という個人に対して声をかけて来てくれたのだ。

——だけど、園原さんにも話していいんだろうか？

あれは、正臣が戻ってくるきっかけというには、あまりにも穏《おだ》やかではない内容だった。

ダラーズが危ない。

その内容が気になった帝人は、ダラーズの会員用である、携帯電話用のチャットや掲示板を確認してみたが、これといった内容の事は書かれていなかった。

しかし、正臣《まさおみ》がそうした方面について、自分よりも鋭い勘《かん》と豊富な情報網を持っている事も確かである。

下手《へた》に杏里《あんり》に伝えては、彼女を不安がらせてしまうのではないだろうか。

それとも、思い切って伝えてしまった方が良いのだろうか？

どうするべきか迷いつつ、杏里と共に校舎の中を歩いていると——

帝人《みかど》の心情とは正反対の、極めて爽《さわ》やかな声が響いてきた。


「帝人先輩《せんぱい》ーッ！　園原《そのはら》先輩も！　お疲れ様です！」


二人が振り返ると、そこには一人の男子生徒が立っていた。

黒沼青葉《くろぬまあおば》。

先月入学したばかりの新入生で、帝人達の後輩《こうはい》にあたる少年だ。

帝人以上に童顔《どうがん》の少年で、それらしい格好をすれば小学生だといっても通るだろうし、女装して女だと言い張れば、声を出さない限りバレる事もなさそうな外見をしている。

彼自身も『ダラーズ』の一員であり、帝人がダラーズの一員だという事を知っている数少ない一人だが——先月、帝人や杏里と共に一つのトラブルに巻き込まれて以来、これといって目

立った接触《せっしょく》はしてこなかった。

「やあ、青葉《あおば》君……って、どうしたの？　一年は修学旅行には関係無いでしょ？」

てっきり、トラブルに巻き込まれたのがトラウマとなって、帝人《みかど》を避《さ》けているのかと思ったが、青葉の表情にはそうした色は欠片《かけら》もなく、一ヶ月前とまるで変わらぬ笑顔を浮かべている。

暴走族に追われるなどというトラブルを経験したにしては、些《いささ》か変わらなさ過ぎる笑顔だったのだが――

竜ヶ峰《りゅうがみね》帝人は、その違和感に気付かない。

「やー、部活っすよ。俺《おれ》、美術部ですから」

「へえ、そうなんだ」

単に日常会話をしにきただけなのだろうか？

そう考えた帝人は、素直にそれに応対しようとした。

しかし、帝人が何か言うよりも先に、青葉は自分の用事を単刀直入に切り出した。

「帝人先輩《せんぱい》、明日《あした》とかってヒマですか？」

「え？」

「ほら、先月はあんな事になっちゃって、結局街を案内して貰《もら》えなかったじゃないですか！　だから、連休中に改めて、三人で何処《どこ》かに出かけませんかって思って！」

「あ、いや……明日は……」

普段の帝人ならば、即座にOKを出す所だ。

だが、昨日《きのう》の正臣《まさおみ》の言葉が気に掛かる。

ダラーズの面々と連《つる》まない方がいい。

そう忠告は受けたものの、狩沢《かりさわ》や遊馬崎《ゆまさき》といった面子《メンツ》はともかく、黒沼《くろぬま》青葉の場合はどうなるのだろうか？

ただの高校生として過ごせ、という言葉を思い出し、青葉にダラーズの話をさせなければ、あとはただの同じ高校の先輩後輩《こうはい》という関係になる。

——でも、そもそも、家の外に出ない方が安全なのかな。

——ダラーズに何か起こるのかもしれないんだったら、家で情報収集して、何かあったら、みんなに警告のメールを回したりした方がいいのかもしれないし。

——よし、今は断っておいて、正臣の件が片づいたら改めて誘おう。青葉君にも正臣を紹介《しょうかい》したいしね。

心の中でそう整理をつけ、帝人は残念そうに首を振って見せた。

「……うーん。ごめん、明日はちょっと予定が入るかもしれなくってさ」

「えー、残念だなあ」

帝人の言葉に、青葉は露骨《ろこつ》にガッカリするのだが——

すぐに笑顔を取り戻し、帝人の横で黙《だま》っていた杏里《あんり》へと問いかけた。

「じゃあ、園原先輩《そのはらせんぱい》はどうすか？」

「え？　私は別に、予定は無いですけど……」

――え？

予想外の展開に、思わず絶句する帝人《みかど》。

「でも、私じゃ上手《うま》く案内とかできないと思いますけど……」

「あ、気にしなくていいですよ！　俺《おれ》も、自分で色々調べますから！」

「でも、私なんか居ても足手まといになるだけです」

――……え？　え!?

杏里《あんり》が正式に帝人と恋人関係であったのなら。

あるいは、杏里がもう少し人の心理の機微《きび》が解《わか》る人間だったならば、こうした反応はあり得なかっただろう。

だが、基本的に普通の恋愛事情に疎《うと》い彼女にとっては、青葉の言葉になんの疑問を感じる事もなく、『本当に自分が案内役などで良いのか？』といった態度を返している。

「そんな事ないですって！　杏里先輩、美人なんすから！　いるだけで華やかになるじゃないですか！」

――杏里先輩!?

――園原先輩から呼び方がレベルアップした!?　しかも勝手に!?

──チート《ずる》だ！　それはチート《ずる》だよ青葉《あおば》君！

「からかわないで下さい」

「からかってなんかいませんって。じゃあ、明日《あした》、何時に……」

そこで帝人は、堪《たま》らずに声をあげた。

あげてしまった。

「待って！　御免《ごめん》御免、勘違《かんちが》いしてたよ。明日、僕、大丈夫《だいじょうぶ》だった！」

「え、本当ですか!?」

無邪気《むじゃき》な笑顔を見せる青葉に、帝人の心は混乱する。

──あれ……喜んでる。

──本当に、園原さんをからかってただけなのかな。

「……代わりに、昼間だけだよ。夜はほら、休みになるといろんな人が来て物騒《ぶっそう》になるから」

「ええ、大丈夫っすよ」

少年の意図が今ひとつ読めぬまま、帝人は4日の昼に想定外のスケジュールを組み込んだ。

組み込まされた、と言った方がいいかもしれないが。

こうして帝人もまた、非日常に足を踏み入れる。

その運命が単なる偶然《ぐうぜん》なのか、それとも誰かの意思によるものなのかすら気付かぬまま。

あるいは——ダラーズを結成した時点から、とっくに自分がそこに足を踏み入れていたという事にも気が付かぬまま。
竜ヶ峰帝人《りゅうがみねみかど》の日常は、静かに終わりの時を迎えようとしていた。

♂♀

川越街道《かわごえ》沿い　某《ぼう》高級マンション

応接間のソファーに座った静雄《しずお》は、スチール製のコップに注がれた茶を飲みつつ、首を傾げて呟《つぶや》いた。

「つーか新羅《しんら》よお。お前、家でもいッつも白衣だよな」

当然といえば当然の疑問に対し、新羅は何故《なぜ》か自慢《じまん》げに胸を反《そ》らしながら言葉を返す。

「ああ、セルティが普段黒いライダースーツだからね。コントラストをハッキリさせれば光と影って感じだろ？　光と影は正反対のものに見えて必ず対《つい》になってる熱々《あつあつ》カップルなんだよ。漫画とか映画で闇《やみ》の勢力がどうこう言ってるのは、あれは壮大なダークサイドのツンデレだよ。支配欲とかかもしれないけど、俺《おれ》はセルティに支配されるのならそれはそれでボフッ」

「黙《だま》れ」

静雄はデコピンで新羅の額《ひたい》を打っただけなのだが、まるで竹刀《しない》を思い切り振り抜いたような衝撃《しょうげき》が闇《やみ》医者を襲う。

「ちゃっかり自分が光の側の人間みたいな言い方しやがって。セルティと比べたらお前の方がよっぽどダークサイドだろうが」

「言葉でつっこめるなら言葉だけでつっこんだ方が平和だと思うんだよ、俺」

そんな二人の光景を見て、初対面であるトムが独《ひと》り言《ごと》を呟《つぶや》いた。

「こりゃ、確かに変態だわ……」

「ちょッ……確かにって！　静雄は一体俺のどんな情報を職場の人に伝えてるんだよ!?

……まあ、いいけどさ。セルティへの愛を語るのが変態だというなら、俺は変態で構わない。変態転じて恋となすだ」

赤く腫《は》れ上がった額を押さえながら、新羅は改めて呼吸を整え——

「じゃ、いいかげん説明してくれるかな？」

部屋の隅《すみ》に体育座りで蹲《うずくま》る、一人の少女に視線を向けた。

「さっきは『まあまあ』とか言いながら強引に上がり込んできたけど、流石《さすが》に見過ごせないよ？　なんか怖がってるじゃんその子」

そして、深い深い溜息《ためいき》を吐《は》き出しながら、厳しい視線を突きつけた。

「なんで誘拐《ゆうかい》なんかしたの」

「してねえって」

あっさりと否定したのは、トムの方だった。

恐らく静雄《しずお》がキレる気配を察し、瞬時《しゅんじ》に自分が否定する事で静雄の感情を落ちつかせたのだろう。現に静雄の顔には血管が浮いていたが、徐々《じょじょ》に血の気が引いてきて通常の表情に戻りつつある。

自分が命拾いした事を確認する新羅《しんら》に対し、トムという名の男が、静雄を刺激せぬように視線を送りながら、淡々と事情を説明し始めた。

♂♀

30分前　サンシャイン60通り

「死んじゃえ」

──あ？

比較的長身の部類に入る静雄は、懐《ふところ》に飛び込んできた少女が何を言ったのか良く聞き取れなかった。

寧《むし》ろ、静雄からやや遅れて店を出てきたトムの方がその言葉を聞き取り、自分の耳を疑うような表情を浮かべている。

だが、トムの耳は至って正常だった。

少女は、笑顔のままで手にしてたものを握《にぎ》りしめ、それを静雄の腰《こし》の辺りに押しつける。

そして、トムは見た。

バチリ、と、激しい音がして、静雄の腰の辺りに青白い火花が飛び散るのを。

「あ痛《いた》ッ」

静雄は軽くそう呟《つぶや》くと、自分の腹に押しつけられる少女の手を払いのけた。

「あッ！」

少女の手から、トランシーバーのような四角い機械がこぼれ落ちた。

静雄は何が起こったのか解《わか》らず、解らないが故に、即座にキレる事もなかった。

少女の手から落ちた『それ』を拾い上げ、マジマジと見つめる静雄。

黒く四角い物体は、一見無線機や懐中電灯《かいちゅうでんとう》のように見える。

「……ってーなー……。何だぁ一体？　なんだこれ？」

何かスイッチのようなものがあったので、それを押してみると——

バチバチ、という小さな破裂音《はれつおん》が響き渡り、機械の先端《せんたん》にある金属部分から青白い火花が飛び散った。

「なんだこりゃ？　スタンガン？」

それでも、即座に小学生の女の子とスタンガンという構図が結びつかず、暫《しば》し考え込んでいたのだが——。

「おい、静雄《しずお》……」

背後から聞こえてきたトムの声に、ハッと我に返る静雄。

周囲を見渡すと、人々が足を止め、遠巻きにこちらを凝視《ぎょうし》しているのが見えた。

手にはスタンガン。

足下には、膝《ひざ》をついている少女。

自分が今どういう状態なのかを客観的に理解した所で——見物人の一人が、ゲームセンターの前あたりにいる警察官の元に駆《か》けていくのが見えた。

「あ、やべ。さっきの強盗逮捕《ごうとうたいほ》しに来た警官だ」

トムは一瞬《いっしゅん》早く状況を分析し、静雄の肩《かた》をガシリと掴《つか》む。

「とりあえず逃げんべ。言い訳できる状況じゃねえ」

言うが早いか、トムは静雄と行動を共にするようになってから身につけた神速《しんそく》の足をみせる。

「……え、ええー？」

釈然《しゃくぜん》としない表情のまま、『キレる』タイミングを完全に逸《いっ》した静雄は、首を傾げつつもトムに続いて走り出す。


そして、そのまま逃亡して謎《なぞ》の少女は保護されて終わる筈《はず》だったのだが——

逃走する静雄は、自分の背中がいつもより重い事に気が付いた。

走りながら振り返ると——視界の斜め下に、バタバタと揺れる髪《かみ》の毛が見える。

静雄の尋常《じんじょう》ならざる怪力は、彼自身に一瞬《いっしゅん》だけ気付かせなかったのだ。

先刻の少女が、いつの間にか静雄の背中とベルトにしがみついており、そんな彼女をぶら下げたまま走り出してしまったという事に。

「にげちゃ……駄目《だめ》ぇ……死んで……死んで……よう……！」

必死に静雄の身体《からだ》にしがみつきながら、そんな物騒《ぶっそう》な事を呟《つぶや》く少女。

静雄は少女が何を言っているのか理解できない。

年端《としは》もいかぬ少女が、自分に殺意を向けているという状況を認識できなかったのだ。

以前に拳銃《けんじゅう》で撃たれた時も『敵意《てきい》を持って撃たれた』と気付くまでキレる事ができなかったのだが、その時と似た状況であると言えるだろう。

「トム先輩《せんぱい》。この子、どうしましょう」

走りながら尋《たず》ねると、トムは静雄《しずお》の背にくっつく少女を見て「うわ、面倒《めんどう》くせぇ事になってるッ！」と叫びつつ、すぐに冷静になって静雄に問いかけた。

「とりあえず、知り合いの家とか無いか!? 町中《まちなか》それじゃ目立ちすぎる！」

「うちの事務所は」

「会社まで巻き込むのはマズい！ あ、お前の弟の家は!?」

「いっつも誰か雑誌記者みてぇのがいますよ」

そんな会話をしつつ、静雄は即座に一人の顔を思い浮かべた。

「……闇《やみ》医者なら、まあ、巻き込んでも問題無いと思います」

♂♀

「話は解《わか》った……。俺《おれ》に言える事は、とりあえず一つだけだ」

話を聞き終えた新羅《しんら》は、神妙《しんみょう》な顔つきで静雄に向き直り、真剣な表情で呟《つぶや》いた。

「なんで誘拐《ゆうかい》なんかしたんだ！」

キュキリ。

妙《みょう》な音がしたのでそちらに顔を向けると、そこには静雄が拳《こぶし》を握《にぎ》りしめているのが見えた。

不思議な事に、手にしていたスチール製のコップが消えている。

だが、その疑問はすぐに解決された。

静雄が手を開くと、アルミホイルのように丸められた、それまでコップであった筈《はず》の物体が現れたからだ。

「悪いな。弁償《べんしょう》する」

「……いいよ。丁度《ちょうど》新しいのが欲しいと思ってたとこだ」

「いや、このコップを作った製造業の人達に悪い」

「うん、君がしょっちゅう壊《こわ》すガードレールとか街灯《がいとう》とかに対してもそういう謙虚《けんきょ》な思いを持った方がいいよと言いつつ、素直に謝ります御免《ごめん》なさい。そうだよね、誘拐なんてする筈《はず》ないよねえ。だって誘拐なんてするぐらいなら、銀行の金庫を素手でこじ開けた方が早いからね君の場合」

新羅は冷や汗《あせ》を流しながら部屋の隅《すみ》に目を逸《そ》らし、件《くだん》の少女が先刻よりも震《ふる》えている事に気付く。

「で、結局この子からは、まだ何も聞いてないの？」

「なんか震《ふる》えちまってよ。こんなオモチャで悪戯《いたずら》したとはいえ、あんまりキツく問い詰めるのも可哀相《かわいそう》だろ」

そう言いながら、静雄《しずお》は新羅《しんら》にスタンガンを投げ渡す。

新羅はそれを受け取りながら、安心したように呟《つぶや》いた。

「君に人の心が残ってて良かったと本当に思う。流石《さすが》にこんな子まで殴《なぐ》り跳《と》ばしてたら庇《かば》いようがなくなるからね」

そのまま少女の前に移動すると、新羅は視線の高さを合わせる為に、膝《ひざ》をついてゆっくりとしゃがみ込んだ。

「大丈夫《だいじょうぶ》だったかい？　もう安心だよ？　あんなに恐そうなお兄《にい》さん達に連れ回されて大変だったろうけど。僕はあんな人間凶器《きょうき》とは違って愛と平和の人だからね」

『落ち着け、子供の前だから、な？　な？』と静雄を宥《なだ》めるトムの声を背に聞きながら、新羅は少女に微笑《ほほえ》んで見せたのだが——

「……」

少女は全《まった》くの無言で、警戒《けいかい》するように新羅の顔を睨《にら》み付けていた。

気丈《きじょう》な態度を見せているが、それにしては震えが酷《ひど》い。

そもそも、逃げようともしないし、『死んじゃえ』と言っていた割には攻撃的な様子もない。

「……」

新羅はそんな少女の態度に違和感を覚え、彼女の額《ひたい》にぺたりと手を貼《は》り付ける。

そして、闇《やみ》医者は即座に表情を引き締め、背後の二人に指示を出す。

「奥の部屋の押し入れに、客用の毛布があるから、それを出して！」

「？」

「この子、凄《すご》い熱だ！　すぐにお湯を沸かして！」

新羅の言葉を聞き、にわかに騒《さわ》がしくなるマンション内。

少女はそんな新羅の態度に何かを感じたのか——張り詰めた糸が切れたように、クタリと身《か》体《らだ》を倒し、そのまま意識を失った。

♂♀

30分後

少女を奥の部屋に寝かせた新羅は、安堵《あんど》したように息を吐《は》く。

特に病気の兆候《ちょうこう》も見られず、極度の緊張《きんちょう》によるものだろうと判断したが、油断はならない。

新羅は隠《かく》し収納の前に立ち、中にある市販《しはん》不可の薬品の数々を前にして暫《しば》し考えこんでいたが——ふと、自分のポケットに重みを感じて、中にあるものを取り出した。

それは、先刻静雄《しずお》から投げ渡されたスタンガンだったのだが——。

スイッチを入れてみると、青白い電光が走り、電気が空気を引き裂《さ》く音が響き渡る。

あからさまな改造スタンガンの火花を目の当《ま》たりにしつつ、新羅《しんら》は先刻の話を思い出した。

「……明らかに強力に改造してあるんだけど、これ」

「……これが『あ痛ッ』で済むって……いよいよあいつも怪物じみてきたなあ」

♂♀

5月3日　夜　池袋某所《いけぶくろぼうしょ》　とある道路上

——まいったなあ。

セルティ・ストゥルルソンは、溜息《ためいき》を吐《は》き出しつつ、今後の事について考える。

——厄介《やっかい》といえば、厄介な仕事を受けてしまった。

四木《しき》から一体どのような仕事を受けたというのか、珍《めずら》しく暗い雰囲気《ふんいき》を醸《かも》し出すセルティ。

すると、信号の一つで停車した所で、ヘッドライトのないバイクのエンジンから、嘶《いなな》きのような音が聞こえてきた。

──ありがとう、シューター。

相棒《あいぼう》のハンドルを撫《な》でながら、セルティは心の中で微笑《ほほえ》んだ。

──……それにしても、こりゃ下手《へた》すれば何日か帰れないな。

──新羅の奴《やつ》に、今の内に連絡を入れておいた方がいいか？

──それとも、一回帰って事情を説明した方が……。

そんな事を考えている内に、交差する道路の信号が赤に変わるのが見えた。

二車線になっている道路の左側に位置していたセルティは、信号が青になるのを待って、そのままシューターを走らせようとしたのだが──。

信号が変わる直前に、一台のバイクが自分の背後に止まるのを感じ取る。

一瞬《いっしゅん》、いつもの白バイではないかとビクリと身体《からだ》を震《ふる》わせたが──視線を背後に向けると、そんなことはない、通常のロードバイクだった。

セルティと同じようにフルフェイスのヘルメットを被《かぶ》っており、黒いライダースーツを纏《まと》っている。

典型的な走り屋といった風貌《ふうぼう》のバイカーであり、特にセルティは気にする事はしなかったのだが──。

セルティの視覚センサーは、何か妙《みょう》なちらつきを感じていた。

——?

その正体が何かを理解する前に、セルティは青になった信号を見て、反射的に走り出した。

「こんばんは、ハロウィンの騎士《きし》さん」

刹那《せつな》——背後にいたバイカーが、何事かを呟《つぶや》いた。

セルティの聴覚だからこそ聞き取れたようなものだ。

恐らくは、伝えるつもりはない独《ひと》り言《ごと》のようなものなのだろう。

その意味が解《わか》らず、構わずにスピードを上げたのだが——

「子供の遊びの時間、終わりです。残念、無念」

背後のバイクからは、そのような呟きが聞こえたのと同時に——

セルティの上半身に激しい衝撃《しょうげき》が走り——

何が起こったのかも解らぬまま、彼女は、自分の身体《からだ》が勢いよく道路上に叩《たた》きつけられるのを感じ取った。

――「今回の仕事は、ボディーガードですよ」

鈍い痛みよりも先に、セルティの頭の中には、昼間に四木《しき》から言われた言葉が蘇《よみがえ》る。

――「現在、どこにいるか解らないのですが……」

――「探し出して、陰から護《まも》って頂きたい人物がいるのです」

嫌《いや》な予感はしていたのだ。自分に護衛を頼むなどと。
だが、依頼を断るわけにもいかなかった。

――「……命を狙《ねら》われているかもしれません。詳《くわ》しい素性《すじよう》は明かせませんが……」

――「この写真の人物を、貴方《あなた》に護って頂きたいのです」

見せられたのは、一枚の写真。
そこに写っていたのは、まだ10歳《さい》になるかならぬかといった少女の写真だ。

暗い表情をしているが、それなりに幸せそうな表情で写真に写っている。

――「彼女の名前は、粟楠茜《あわくすあかね》」

――「……うちの社長の、お孫《まご》さんです」

――「現在家出中でしてね。彼女は私らの商売がお嫌《きら》いなようですから」

――私だって、決して好きなわけじゃない。

セルティは、遅れてきた全身の痛みに呻《うめ》きながら、自分の『嫌《いや》な予感』が当たっていた事を確信する。

何をされたのかは、まだ理解できない。

だが、何かをされたのは確実であり、それだけで充分だ。

彼女は、二つの重要な事実を確認する事ができたのだから。

一つは、今し方の衝撃《しょうげき》で、自分のヘルメットが空高く弾《はじ》き飛ばされたという事。

もう一つは――自分は今、何かヤバい事に足を踏み入れてしまったのだという事。

こうして、もっとも非現実的な存在であるセルティは——
強制的に、人間達の現実へと巻き込まれる結果となった。

5月3日　夜　チャットルーム

田中太郎《たなかたろう》さんが入室されました。

田中太郎【こんばんは】
田中太郎【誰もいないですねー。みんな出かけてるんでしょうか】
田中太郎【今日は少し遅く来たのに、セットンさんもいない……】

狂さんが入室されました。
参さんが入室されました。

参【こんばんは】
狂【ごきげんよう太郎様。連休初日からチャットとは一抹《いちまつ》の寂《さび》しさを感じさせますが、所詮《しょせん》電脳世界の中では休日も平日も、昼と夜の区別すらない世界ですからね。誰も貴方《あなた》を責めません。でも、責められるのがお望みとあらば、私はいくらでも言葉で貴方を責めぬいて差し上げます。さあ、SなのかMなのか試される時が来たのです！】

田中太郎【あ、こんばんはです】
田中太郎【相変わらずですね】
狂【試される時が来たのです！】
田中太郎【二回言った!?】
参【ごめんなさい】
田中太郎【いや、参さんが謝っても】
罪歌《さいか》さんが入室されました。
田中太郎【あ、こんばんはー】
参【こんばんは】
狂【あらあら、こんな所にも彷徨《さまよ》える休日の旅人が一人いらっしゃるようですね。休日に家に引きこもっていては死んでしまいますよ。ウサギが寂《さび》しくて死ぬというのは迷信ですが、人は寂しいと死ぬ事もあるのですよ？】
罪歌【ごめんなさい】
田中太郎【なんで罪歌さんが謝るんですかw】
狂【……素直に謝られると反応に困ります】

田中太郎【素直も何も、そもそも謝る要素が欠片《かけら》もないです】
罪歌【ごめんなさい】
田中太郎【また謝った!?】
田中太郎【そもそも、狂さんはどうなんですか】
田中太郎【狂さんだってここにいるじゃないですか】
狂【心配はご無用です。私と参は今日一日、池袋《いけぶくろ》の街に繰り出して人生というものを満喫《まんきつ》しておりました。まずはナンジャタウンの餃子《ぎょうざ》スタジアムで全《すべ》ての餃子を完食した後、ワールドインポートマートと専門店街のアルパでショッピングに興じ、然《しか》る後に60階通りで素敵《すてき》な殿方《とのがた》が強盗《ごうとう》を取り押さえるのを目撃《もくげき》しまして実に痛快でした】
参【餃子美味《おい》しかったです】
田中太郎【強盗《ごうとう》って、大騒ぎじゃないですか】
田中太郎【……60階通りでって、もしかして、寿司《すし》の呼び込みやってる黒人さんか、バーテンダーの服を着た人ですか?】
狂【あら】
参【静雄《しずお》さん】
田中太郎【あれ、静雄さんを御存知《ごぞんじ》なんですか】
狂【失礼。私とした事が短い文章を。田中太郎《たなかたろう》さんたら、チャットでの文面を見る限り蚊《か》も殺せないような大人《おとな》しい方だと思っていたのですけれど、静雄さんを御存知だなんて存外に顔が広いのですね。もしかして現実では全身に刺青《いれずみ》と無数の疵《きず》を刻み込んだ筋骨隆々《きんこつりゅうりゅう》の大男だったりするのかしら。それともイケナイお薬の売人とか】
罪歌【へいわじまさんですか】
田中太郎【すいません、ツッコミが追いつきません】
田中太郎【って、罪歌《さいか》さんも御存知なんでしたっけ？】
罪歌【すこしです】
罪歌【すみません】
田中太郎【なんで謝るんですかw】
狂【でも、残念ながら今日見かけたのは静雄さんではありません。顔を包帯《ほうたい》や眼帯で巻いたプレイボーイを思わせる方でしたよ。優男《やさおとこ》というわけではなく、適度に筋肉もついた艶男《あでおとこ》という感じでしたが】
参【女の子いっぱい連れてた】
参【羨《うらや》ましい】
田中太郎【それは羨ましいですね。でも、強盗を捕まえるなんて凄《すご》いですね。警察みたいだ】
狂【警察といえば、さっき、夜の街で面白いものを見かけましたわ】
田中太郎【なんですか？】

狂【歩道橋の所に沢山《たくさん》の人が集まって騒《さわ》いでたんです。数十人の男の人達が、それはもう歩道橋の上と下で押しくらまんじゅうするように】
参【押されて泣くな】
田中太郎【へぇー】
狂【恐らくは暴走族か何かの集会だと思うのですが……そういえば、皆さんはダラーズというものを御存知《ごぞんじ》ですか？　池袋《いけぶくろ》に巣食う魔性《ましょう》の闇《やみ》、悪の華畑《はなばたけ》とも言える素敵《すてき》におぞましい方々なのですが】
参【ダラーズ】
田中太郎【ええと、少しは】
罪歌【よくは　しりません】
狂【ダラーズというのは、『堕落《だらく》したラヴァーズ』の略とも、『一ドル程度の価値の奴《やつ》らの集まり』とも『一ドルで人を殺せる集団』とも『ダイダラボッチ達』とも言われているのですが、とにかく謎《なぞ》の多いチームなのです！　カラーギャングのようなのですがギャングとしての色を持たず、街の中にとけこむ狂気の集団！】
参【かっこいい】
田中太郎【狂気の集団ってそんな】
狂【狂気の集団以外の何者でもないですよ。だって、目的も何も解《わか》らない集団なんですよ？

ただのカラーギャングなら、街の中でストレスを発散したりしていると判断できますし、金の為や暴力団の下請《う》け組織という可能性もありますが、それでも、実態がある分だけ理解する可能性は高いのです。しかし、ダラーズにはそれがない】
参【無いって何が？】
田中太郎【考えすぎですよ】
狂【ダラーズには実態というものがありません。何しろ、誰がチームの一員なのかも解《わか》らないんですよ？　場合によっては、街の学生やただの主婦がダラーズの一員なんてこともあり得るんです。街中《まちなか》で気軽に話しかけてきた同級生が、実はダラーズの一員ではないかと疑う事もできるわけですし……正直、何人いるのかも解ってないんですからね】
田中太郎【それはそうですけど】
田中太郎【でも、単なるサークルみたいなものなんじゃないんですか？　名乗りたい人は勝手に名乗るだけみたいな所がありますし。自称埼玉《さいたま》県民とか、自称都会人とかと同じようなものだと思います】
狂【それは些《いささ》か飛躍《ひやく》しすぎかと思いますよ。ダラーズというのは、自分でそこに所属しようと思って名乗り始めるわけですし、ネット上とはいえ、実際にコミュニティのようなものが存在しているのです。彼らは緩《ゆる》いネットワークですが、確かにダラーズという名前の元に繋《つな》がっている。それはとても恐ろしい事だとは思いませんか？】

参【恐い】
田中太郎【恐いって、例えばどんな風に】
狂【例えるならば、人の眼《め》という監視《かんし》カメラが、常に街の中に存在しているようなものです。監視カメラと違う所は、監視した者の主観を通してしまう事。そして、監視されている者は、そこに監視の目がある事に気付けないという事でしょうか。町中《まちなか》で下手《へた》な事をしたら、それを見ていたダラーズの人間に弱みを握《にぎ》られたも同然ですから】
参【恐い】
田中太郎【考えすぎですよ。そんな事は無いですって】
狂【……何故《なぜ》、田中太郎《たなかたろう》さんがカラーギャングに過ぎないダラーズの肩《かた》を持つのか、それは敢《あ》えて今は追及しない事にしておきましょう。ですが、本当にそう言い切れますか？　ダラーズは他人の弱みを握るような真似《まね》をしないと。だってカラーギャングなんですよ？　そもそも存在自体が反社会的ではありませんか！】
参【ギャングでぎゃふん】
田中太郎【それはそうですけど】
参【痛い】
参【つねられました】
田中太郎【でも、カラーギャングって言っても、ネット上のネタで集まったような集団だって

聞いていますよ。オフ会みたいな事もたまにやるみたいですけど、そんな、暴れたりなんて

狂【再度同じ事を聞きますよ】

狂【本当に、そう言い切れますか？】

狂【仮に貴方《あなた》がダラーズの一員だったとして、自分がそんな真似《まね》をしていないから、他に誰もやっていない。そうは言い切れないでしょう？　ダラーズは人数が多いですし、お互いのメンバーの顔すら解《わか》らないと噂《うわさ》で聞いていますが……それが本当だとしたら、誰かが裏でダラーズの名前を使って何かやっていてもおかしくないのでは？】

田中太郎【それはそう】

罪歌【あの】

罪歌【けんかは　やめてください】

田中太郎【あ、いや、喧嘩《けんか》してるわけじゃないですよ罪歌《さいか》さんｗ】

狂【私も喧嘩をしているわけではありません。田中太郎さんには個人的な憎《にく》しみや憤《いきどお》りといった感情など欠片《かけら》も抱《いだ》いていないのですから。寧《むし》ろチャット仲間として好意を抱いているぐらいです。キスしたいです。ＣＨＵッ！】

参【キモい】

参【痛い】

参【またつねられた】

罪歌【すみません】
田中太郎【だから何で罪歌《さいか》さんが謝るんですかw】
田中太郎【まあまあ、とにもかくにも、そういう心配はあると思いますけど、今までダラーズが池袋《いけぶくろ》で集団で暴れたとか、そんなに悪い話はあまり聞きませんし、あっても街でよくある喧《けん》嘩《か》レベルだと思いますよ】
狂【ところが、そうでもないのです。狂気はクルクルと池袋の街を回り続け、遠心力によって軽い粗《そ》悪《あく》品は回転の外側へと回り続けていくものなのですよ？】
参【くるくるバア】
狂【実際、ダラーズの人達は最近、他県の人達に喧嘩を売っているようですから。もっとも、押し売りのようなものですけれども。ガツリと相手の頭を殴《なぐ》りつけて、喧嘩という商品を無理矢理押しつけるわけです、買おうと買うまいと、相手が動かなくなるまで殴って殴って殴って殴って殴って殴って殴って殴ってそれは凄《せい》惨《さん》な光景なのでしょうねえ】
田中太郎【えッ】
参【私も聞きました】
参【埼玉《さいたま》の人達に】
参【ダラーズの人達にやられた人がいると】
田中太郎【本当ですか？】

田中太郎【その情報のソースって、どこかにありますか？】
狂【ソーシャルネットワーキングシステムの『パクリィ』は御存知《ごぞんじ》ですか？】
田中太郎【一応会員です】
狂【それは僥倖《ぎょうこう》に御座います！　あそこはｍｉｘｉと違って会員登録が自己申告《しんこく》制ですからね。招待してくれる知人が誰もいないとしても簡単に登録できます。あら、失礼。別に田中太郎《たなかたろう》さんが友達いなさそうだとか、そんな意味はあるのかないのか、それは今後の貴方《あなた》の行動次第ですよ？　まあ、私はｍｉｘｉは対象年齢《ねんれい》以下なので登録できませんけどね】
田中太郎【あの、そのパクリィのどこに】
狂【ああ！　これは申し訳御座いません！　つい話に夢中になってしまって！】
狂【パクリィの中のコミュニティ検索《けんさく》で『埼玉の暴走族問題』というコミュニティがありますから、まずはそこを探してみて下さいませ】
田中太郎【検索してみます】
狂【そこのトピックのどこかに『ダラーズについて』という項目が御座います。私はそこで情報を仕入れましたので、そこに書かれていた事が嘘《うそ》だったとしたら無駄《むだ》に太郎さんを混乱させただけですね】
狂【その場合は素直に謝罪し、この心と体を貴方への償《つぐな》いとして差し出します……。私の体など粗末《そまつ》なものですから、果たしてどれだけ償いになるかは解《わか》りませんが、少しでも太郎さんの

慰《なぐさ》みになれば恐悦《きょうえつ》至極《しごく》に御座《ござ》います】
参【えちー】
田中太郎【ちょっと確認してきます】
狂【スルーですか？　少しばかり寂寞《せきばく》とした思いに包まれました。この責任は取って下さいね】
参【えちー】
狂【埼玉《さいたま》県の暴走族に、ダラーズの名で喧嘩《けんか》を売る。これがもしも誰かの陰謀《いんぼう》で行われているとしたら、チームカラーが無い事の弊害《へいがい》ですよねえ。誰でも『ダラーズ』と名乗るだけで、罪をかぶせる事ができてしまうのですから！】
罪歌【こわいです】
田中太郎【すいません、確認してきました】
田中太郎【今日はちょっと用事ができてしまったので、これで退散します】
狂【あら、では私達も今日はこの辺りでおいとましましょうか】
罪歌【おやすみなさい】
参【おやすみなさいです】
田中太郎【ありがとうございました】
田中太郎【そしてすいませんでした、狂さん。不快な思いをさせたかもしれません】
狂【いえいえ、どうぞお気になさらずに】

田中太郎【ありがとうございます】
田中太郎【それでは、これで】
田中太郎【お疲れ様でしたー】
田中太郎《たなかたろう》さんが退室されました。
狂【それでは皆さん。まだゴールデンウィークは始まったばかりですので、どうぞお気を付けてお過ごし下さいませ……。それにしても、今日はセットンさんも甘楽《かんら》さんもバキュラさんもいらっしゃらないのですね】
参【さようならです】
狂さんが退室されました。
参さんが退室されました。
罪歌【おやすみなさい】
罪歌【ごめんなさい】
罪歌【まにあいませんでした】

罪歌《さいか》さんが退室されました。

チャットルームには誰もいません。

チャットルームには誰もいません

チャットルームには誰もいません。

・・・

# 間章もしくはプロローグB　カラス《ヴァローナ》とゾウ《スローン》

ロシア某《ぼう》所

　ロシア語で紡《つむ》がれたその呟《つぶや》きは、風に吹かれて緩《ゆる》やかにその土地に染みこんだ。

「……おかしいなぁ……こいつはおかしいぞ」

　周囲に広がる広大な原野を背景に、一人の男が頭を悩ませている。

　身長は特別高いわけでもないが、横に広い骨格をしており、その周りを覆《おお》う厚い筋肉が、男を同身長の男達よりも一際大きく見せている。

　年齢《ねんれい》は40前後といった所だろうか。白いジャケットの上に更に白いコートを纏《まと》っており、遠目にはシロクマと間違えられてもおかしくない外観だ。

　顔の上には何重にもマフラーを巻いており、僅《わず》かに開かれた口の間からは純白の息が蒸気機関車のように漏《も》れ出していた。

「やはりおかしい。こいつぁもう駄目《だめ》かも解《わか》らんな」

彼の周囲には十人程度の男達がおり、そのうちの一人、眼鏡《めがね》をかけた初老の男が神妙《しんみょう》な顔をして問いかける。

「何を悩んでおられるのですか、同志リンギーリン」

「ん？　おお……おお。聞いてくれドラコン。おっかしいんだよ」

「一体何事です」

ドラコンと呼ばれた男は、そう口にしながら相手の手元を覗《のぞ》き込んだ。

するとそこでは、口が細くなった丸い壺《つぼ》が二つあり――リンギーリンと呼ばれた男が、己の左右の手をそれぞれ中に突っ込んでいた。

「これを見ろ、ドラコン」

「……」

そのまま両手に嵌《は》めた壺をヒョイと持ち上げるリンギーリン。

ボクシングのグローブのようなシルエットになった男を見て、ドラコンは神妙な顔つきのまま――さりとて冷や汗《あせ》一つ流さずに口を開く。

「これがどうしたのです。同志リンギーリン」

リンギーリンも真剣な顔で頷《うなず》き、壺を小刻みに振りながら呟《つぶや》いた。

「手が、抜けなくなった」

沈黙《ちんもく》が男達の間を駆《か》け抜けるが、ドラコンは眼鏡の位置を軽く直して言葉を返す。

「それは……一大事ですな」

「中にあるもん取ろうとしたら、なんか抜けなくなっちまってよぉ？」

通常ならば、からかわれていると思って激昂《げっこう》するか、悪ふざけをしているのだろうと苦笑するような状況だが——ドラコンは至って大真面目《おおまじめ》に答えを返す。

もっとも、返答内容は些《いささ》か諦《あきら》めぎみのものだったが。

「まあ、いざとなればそのまま一生過ごせば問題ありますまい」

「問題ないかねえ。メシとか便所とかどうするよ？」

「偉大なるロシアに不可能はありません。我らを有する広大な大地は、同志のような人間でも温かく受け入れ、次代に紡《つむ》ぐ新たな芽を息吹かせる事でしょう」

「んん？　……俺《おれ》、なんか埋葬《まいそう》されてないか？　物凄《ものすご》く間をすっ飛ばされたような気がするが、どういう事だドラコン」

首を傾げるリンギーリンに、ドラコンは再び眼鏡を直し、一言。

「では簡潔に申し上げます。生きるのを諦《あきら》めて下さい。肉体的にも精神的にも」

「簡潔と言っておきながら遠回しに死ねとか言うない。恐くなるじゃねえか」

「今のは冗談《じょうだん》です。同志リンギーリン」

ドラゴンは、やはり顔色を変えない。

顔面だけ蠟《ろう》人形なのではないかと周囲の者達に思わせながら、ドラゴンは淡々と自分の要望だけを口にした。

「死ぬのは、この窮地《きゅうち》を乗り越えてからにして頂きたい」

その言葉を聞いて——リンギーリンは改めて周囲の面子《メンツ》に向き直る。

彼の周りにいたのは、ドラゴンを除いては年齢不詳《ねんれいふしょう》の男達。

防弾用フェイスマスクの上にチタン製ヘルメットを被《かぶ》り、アサルト・スーツの上から、様々な用途《ようと》のポーチが取り付けられたベストを装着している。中には何故《なぜ》かガスマスクを被《かぶ》っている者もおり、どこかの国の特殊部隊のような装備で固めている。

しかし、その装備品には統一性が無く、各々《おのおの》が使いやすい装備に身を包んでいると思われた。

何人かはその手に自動小銃《しょうじゅう》などの火器を携《たずさ》えており、ロシアの森の中に異様な緊迫感を生み出している。

そんな男達を見回し、リンギーリンは首をゴキリと鳴らして呟《つぶや》いた。

「で、その障害物《しょうがいぶつ》ってのは？」

「武装した密入国者が三十七名。我が国を経由して西側諸国へ出国する予定のようですが、その計画を偶然《ぐうぜん》知ってしまった我々を始末しにくるそうです」

「偶然ってなあ恐いねぇ。本当に偶然か？」

「貴方《あなた》が商売敵《がたき》の車と間違えて盗聴器《とうちょうき》をしかけさせて奴《やつ》らの計画を聞いてしまい、金儲《もう》けにしようと盗聴の事実を告げて武器を売ろうとした事を偶然と言うのなら」

「そりゃ確かに偶然だな」

リンギーリンは渋《しぶ》い苦笑を見せるのだが、両手に嵌《はま》ったままの壺《つぼ》が空気を台無しにしている。

ドラコンはそんな彼の態度にも感情を表す事無く、機械のように口をカタカタと開き続けた。

「結局彼らは、我々の滞在している村を襲撃《しゅうげき》し、『商品』を根こそぎ奪《うば》うつもりのようです。行動の速さと迷いの無さから考えるに、最初からどこかで武器を奪う目的だった可能性もありますな」

「そうか……要するに、国境無き強盗団《ごうとうだん》ってわけだな」

「全然違いますが、同志は頭が悪いので、もうそれで結構です」

「ああ。妥協点《だきょう》を探れるというのは優秀な参謀《さんぼう》の証拠《しょうこ》だ、信頼してるぜドラコン」

噛《か》み合っているのか噛み合っていないのか解《わか》らぬ言葉を吐《は》き出しつつ――小さな武器商社の、、、、、社長であるリンギーリン・ドグラニコフは、再び首をゴキリと鳴らし、もうすぐこの地に現れるであろう敵《てき》の姿を待ち受ける。

「まったく、面倒《めんどう》くせえなあ。あいつらが居れば、俺はただ寝てるだけでいいのによ」

「退社したサイモン《サーミャ》とデニスの事ですか、それとも現在休職中の同志エゴールの事でしょうか」

「いや？　確かに奴《やつ》らも役には立つが、俺《おれ》が言ってるのは、こういう場面で、頼まなくても相手をやっつけてくれちゃうような、空気の読めたスペシャルな連中って事さ」

お気に入りのヒーローについて自慢《じまん》する子供のように語るが、40前後の男では単に酔《よ》っぱらっているようにしか感じられない。

実際、彼は寝起きにウォッカを一本空《あ》けてきているのだが。

「もっとも、そいつらを探す為にエゴールは休職してるわけだがな」

酔っ払いの言葉に対し、初めてドラコンが己の顔に感情の色を浮かべて見せた。

「ヴァローナと……スローンの二人ですな」

ドラコンに浮かんだ感情は、ほんの僅《わず》かな嫌悪感《けんおかん》。

「確かに彼らは、荒事《あらごと》専門でした。ですが、スローンは同志リンギーリンより頭がアレでしたし……」

「頭がアレ……頭が……かっこいい？」

「前言撤回《てっかい》します。同志リンギーリンと良い勝負です」

ドラコンは再び無表情になりながら、もう一人についての印象を語る。

「ヴァローナに至っては、ここにいる誰よりも可憐《かれん》で、誰よりも清楚《せいそ》で、誰よりも多くの知識を有していましたが……同時に、誰にもどうにもできぬ程の戦闘狂でしたからね」

　そこで一旦《いったん》眼鏡《めがね》を外し、渋《しぶ》い顔をして言葉を止めた。

　リンギーリンはそんなドラコンに対し、にやつきながら冷やかしの声を紡《つむ》ぎ出す。

「その物言いじゃ、あんたの実の娘を自慢《じまん》してるようにしか聞こえないぜ、ドラコン。そのつもりなら、ヴァローナ《カラス》なんて渾名《あだな》じゃなく、本名で呼んでやれよ」

　これから戦闘があるとは思えぬ程に緊張《きんちょう》感の無い言葉を浴びせられるも——ドラコンは、完全に表情を消しながら雇《やと》い主《ぬし》である男に言い放った。

「親娘《おやこ》の縁《えん》など、とうに切りました」

「そもそも……奴《やつ》らは、我々の商品を持ち逃げして日本に渡った連中ですよ？」

♂♀

5月3日　池袋《いけぶくろ》　サンシャイン60階通り

　歩行者天国の中を万引き犯が暴走し、多くの人々を突き飛ばしていた時——

「Что случилось?《何かあったのか？》」

そんな呟《つぶや》きを漏《も》らしたのは、ある意味、強盗《ごうとう》よりも目立つ白人の男だった。

多くの黒人が呼び込みをしているので、池袋《いけぶくろ》では特別外国人が珍しいというわけではない。

2メートル近い身長と、丸太のように太い手足。どこかのプロレスラーにしか見えぬ筋骨隆《きんこつりゅう》々《りゅう》の大男で、サンドバックじみた荷物袋を背負う姿は、まさに武者《むしゃ》修行中といった雰囲気《ふんいき》だ。

だが、それ以上に彼が注目を集めた理由は、横にいる存在とのギャップが、あまりにも凄《すさ》まじかったからだろう。

「Нет проблем《問題無い》」

ロシア語でそう返したのは、大きな紙袋を手にした、二十歳《はたち》前後と思しき白人の女だった。

顔立ちはまだ幼さを残し、女というよりも少女と表現した方がいいかもしれない。だが、体つきは既《すで》に大人《おとな》の女性のものであり、滑《なめ》らかな腕《うで》にはうっすらと筋肉の筋が浮かんでいる。

ショートカットの髪《かみ》は白みを帯びた金色に輝き、空色の瞳《ひとみ》の中心には、深い穴を思わせる小さな瞳孔《どうこう》が存在していた。

顔面にはどこか冷《さ》めた表情を浮かべており、体のあちこちに傷痕《きずあと》らしきものがある。黒を基調とした清楚《せいそ》な服も相まって、どことなく周囲に暗い印象を与えている。

だが、そうした影すらもアクセントとなって、彼女の整った顔立ちは不思議な魅力《みりょく》を生み出していた。

息を呑《の》むような美女と、野獣《やじゆう》のような筋肉男のコンビ。

その二人に見とれている者も多くいたのだが、次第に強盗騒《ごうとうさわ》ぎの方へと視線を奪《うば》われていく。

白人の少女はそうした周囲の人間の反応など最初から気にしておらず、無表情のまま隣《となり》に立つ巨漢《きよかん》に声を掛ける。

「スローン。否定です。……日本にいる間は日本語で喋《しゃべ》る。そう取り決めた筈《はず》です。郷《ごう》に入《い》りては郷に従う。それが身を隠《かく》す基本です。私も思わずロシア語にて返答を行いました。気を付けます。お互い様です」

「すまない、ヴァローナ。間違えた」

「あなたは目立つ。私達は目的の店に入ります。肯定《こうてい》してください」

イントネーションは完璧《かんぺき》なのにも関わらず、どこか単語のセレクトがぎこちない女。

ヴァローナと呼ばれた彼女は、スローンと呼んだ男を引き連れ、目的地の方角に足を向ける。

強盗騒ぎには欠片《かけら》も感心が無いようで、その後の経過にも一切意識を向けていない。

ただ、人混みが途《と》切《ぎ》れた所で、ほんの僅《わず》かに独《ひと》り言《ごと》を呟《つぶや》いた。

「平和に溺《おぼ》れた生ぬるい国。半分失望。半分羨望《せんぼう》」

♂♀

数分後　某《ぼう》カラオケボックス店内

「駄目《だめ》だ。私はもう駄目だ。気になって一歩も歩けない」

指定されたカラオケの個室に入り、『待ち人』が現れるまでの時間を潰《つぶ》す事になった二人だったが、巨漢《きよかん》の男——スローンが、個室に入るなり頭を両手で押さえて蹲《うずくま》った。

一方のヴァローナは、紙袋から取り出した本を読み込み始め、ページを捲《めく》りながら淡々と呟《つぶや》いた。

「貴方《あなた》は座っています。歩く必要を否定します」

「気になって仕方がない……さっきの通りで、スキヤキとシャブシャブの店を見かけた。牛肉が気になって仕方ないんだ……」

この世の終わりが来たかのような顔するスローンに、ヴァローナは眼《め》を向けようともせずにペラリペラリと本のページを捲り続ける。

「何故《なぜ》……何故牛は草しか食べないのにああも巨大に成長するんだ！　草だけ食べてあんなに肥大化するなんておかしい……。この謎《なぞ》を解き明かさない限り、私は仕事を受ける気どころか、生きていく意味すら見いだせない！」

わけの解《わか》らない事を叫んで涙《なみだ》を流し始める巨漢《きょかん》に対し、ヴァローナは更にページを捲るのだが——本に意識を向けたまま、口だけが別の生き物のように動き始めた。

「……牛の胃には特殊な微生物がいて、その微生物が牧草や牛の唾液《だえき》と反応。アミノ酸を生み出してそれを牛が吸収する。よって牛はすくすく成長。問題無し」

「……」

スローンの疑問に完璧《かんぺき》に答えるヴァローナ。

彼女の答えに満足がいったのか、スローンは顔を輝かせてはしゃぎ始める。

「そうだったのか！　流石《さすが》はヴァローナ！　そうか！　これで私は安心して牛のステーキを食えるわけだ！　なんせ納得がいったんだからな！」

ところが——

「牛乳だって飲むぞ！　牛の乳を人間が飲むというのも変な話だが……が……。あれ……そういえば……え？」

突然何かを思いついたようで、再び両手で頭を抱《かか》えてメニューの並んだ机に倒れ伏した。

「駄目だ……気になって俺はメニューを見る事すらできない……。牛の乳で思い出したが、何故、男にも乳首があるんだ……。子孫を残す事に、一体どういう貢献《こうけん》があるというのだ……。何くそ、乳首の謎《なぞ》が解けるまで、俺はここを動かないぞ！　これは俺の戦争だ！」

「……胎児《たいじ》の時に、人間は男女の区別が無い時期がある。乳首の部分が生成された後に性別は決まる。その名残《なごり》に過ぎない」

「おお……おおお……完璧《かんぺき》だ、ヴァローナは完璧だ！」

表情一つ変えずに答える女に、スローンは更《さら》に問いかける。

「だが……また新たな疑問が湧《わ》いた……。これが解《わか》らないと俺はもう生きていく事すらできないだろう……！　どうして、どうしてヴァローナは恥ずかしがらないんだ!?　乳首とか子孫《しそん》とかそういう話を示唆《しさ》して、ここでは男女二人っきりだというのに！」

バカ丸出しの発言をするスローンに対し、ヴァローナはやはり無表情でページを捲《めく》り続ける。

捲り続ける。

捲り続ける。

捲り続ける。

捲り続ける
捲り続け、捲り続け、捲り続け――

「無視……だと!?」

堪《たま》りかねてスローンが叫んだ所で、ヴァローナは一冊目の本を読み終えた。

彼女はそのまま二冊目の本を取り出し、ついでとばかりに何かを口にしようとしたのだが
――それよりも一瞬《いっしゅん》早く、カラオケルームの扉《とびら》が開き、そこから一人の男が現れた。

「やあ、どうもどうも、申し訳ございません」

　現れたのは、徹底的に人なつっこそうな顔をした、日本人らしき初老の男。

「どうもどうも、すいませんねえ。どうも」

　やたらと『どうも』を連発する男は、ニコニコと笑いながら椅子《いす》に座る。

「早速で悪いのですが、私も時間の無い身の上でして……。今回の『仕事』の説明をさせて下さい」

　そんな事を笑いながら言いだし、二人の返事も待たぬまま、二枚の写真を取り出した。

「実はですねえ、あなた方に誘拐して欲しい子供がいるのですよ」

「……」

　一枚目の写真に写っていたのは、物憂《ものう》げな表情をした一人の少女。

　どう見ても小学生程度にしか見受けられないが、スローンは眉《まゆ》を顰《ひそ》めながら写真を受け取り、ヴァローナは仕事の話の最中だというのに本を捲り続けている始末だ。

　そんな相手の反応など構わずに、初老の男は淡々と『仕事』について語り始める。

「この街のヤクザ……ジャパンのマフィアって奴《やつ》ですな。ハハ、その一つの組の主の孫娘《まごむすめ》がその子なんですが……。彼女をですね、なるべく死なないようにして攫《さら》ってきて頂きたいのですよ。ハハハ、どうもすいませんね、殺しじゃなくて誘拐《ゆうかい》だなんて変な仕事で。どうもどうも」

「あんたはこの国での雇《やと》い主だが、そいつは流石《さすが》に金額次第だ。顔を見られないようにして実行することはできるが、ヤクザを敵《てき》に回す可能性がある以上、それなりの対価がないとな」

実に流暢《りゅうちょう》な日本語で語るスローンに、男はハハ、と愛想《あいそ》笑いを繰り返す。

「いやあ、ところが、更《さら》に厄介《やっかい》な事になってきましてね、どうもその組の連中、ボディーガードを雇《やと》ったらしいんですよ……にわかには信じがたいんですけど、本当だとしたら、それはもう恐ろしい奴《やつ》でして」

ボディーガード。

その単語を聞いて、ヴァローナのページを捲《めく》る手がピタリと止まる。

「護衛、手強《てごわ》いか？　肯定《こうてい》か否定。早急に答えを所望《しょもう》」

初老の男は、ヴァローナの言葉に人なつっこい笑みを浮かべ、困ったように呟《つぶや》いた。

「それがですね……強い弱い以前の問題というか……手品師のようなものでしてね」

「？」

「資料の映像がネットに落ちていたので、ちょっとここに来る前に大急ぎでダウンロードしてきたのですが……」

言うが早いか、初老の男は懐《ふところ》から携帯動画プレイヤーを取り出し、その画面に一つの映像を映し出す。

その映像は、とあるニュース番組のものだった。

映っているのは、パトカーから逃げる犯罪者らしき男達と——

彼らに巨大な大鎌《おおがま》を振り上げる、黒いバイクに乗った謎《なぞ》の人物の姿だった。

「黒バイクって呼ばれてる都市伝説のようなものなんですが……どういうトリックを使っているのか解《わか》りませんが、写真の少女に手を出そうとすると、彼が黙《だま》っていないようです」

困ったように俯《うつむ》く男だが——その表情の下では、笑っていた。

横目に見たヴァローナの顔に、確かに今まで無かった感情の色が浮かんでいたのだから。

「確認、一つある」

ヴァローナは頬《ほお》を紅潮させ、少しだけ嬉《うれ》しそうに口元を緩《ゆる》めながら——

湧《わ》き上がる興奮を隠《かく》そうともせず、単純な疑問を吐《は》き出した。

「このバイクの奴《やつ》を殺しても、お前は私を許すか？」


その質問に意味はない。

スローンは自分でも頭が良い方だとは思っていないが、相棒《あいぼう》の女性については僅《わず》かながらに理解していた。

ヴァローナは、生まれついての戦闘狂。

未知の相手と戦えるというニンジンがぶら下がっている状況で、この仕事を断る筈《はず》がない。

そして、彼はもう一つ理解していた。

ここで自分達の依頼主――澱切陣内《よどぎりじんない》がなんと答えた所で、ヴァローナはバイクの運転手を殺しにかかるという事を。


そんな事を感じつつ、スローンは静かに思う。

――良く解《わか》らないから、まあよし。


こうして、未だにその力の全貌《ぜんぼう》を見せぬ謎《なぞ》のロシア人達は、自ら望んで非日常へと足を踏み入れた。

もっとも、彼らにとっては――

現在の不穏《ふおん》な状態こそが、日常の出来事であると言えるのかもしれないが。

# 『闇医者のノロケ話　その参』

大丈夫《だいじょうぶ》、ぐっすり寝てるよ。

内科は専門じゃないけど、喉《のど》に急性咽頭炎《いんとうえん》の気《け》があったからね。

え？　知恵熱？

いや、知恵熱ってのは本当に赤ちゃんとか、せいぜい幼稚園児までが出す高熱の事だよ。まさか考えすぎると本当に熱が出るとか思ってないよね？

まあ静雄《しずお》なら、脳味噌《のうみそ》の中身は幼児みたいなもんだから当てはまるかもねビュベガっ――

……。

あのね、静雄はデコピンでも普通の人の膝蹴《ひざげ》りぐらい威力があるんだから、もうちょっと気を遣《つか》った方がいいと思うんだ。脳震盪《のうしんとう》でいま、僕、どのぐらい寝てた？

まったく、自分の顎《あご》を自分で嵌《は》める事になるとは思わなかったよ。何度か人の顎を外したり嵌めたりした経験があったからいいけどさ。

……ああ、僕のお爺《じい》さんがモチを喉《のど》に詰まらせた時、父《とう》さんが咄嗟《とっさ》にお爺さんの顎《あご》を外して、直接手を突っ込んでモチを取ったんだ。本当に緊急事態にしかやらない手口らしいけど。

それはさておき、あの女の子は一体何なんだろうね。

身元が分かるようなものは持ってなかったよ。

……『変な事しなかっただろうな』って、なにそれ？

あのねえ、ロリコン疑惑とかそういう以前に、僕がセルティ以外の子に手を出すと思うかい？あのベッドの上で熱を出して唸《うな》ってるのがセルティだとしたら、布団《ふとん》の代わりに僕の体で温めてるよ！

僕はセルティが存在しないとしたら、もうどこかの山奥で風流韻事《ふうりゅういんじ》を嗜《たしな》むだけの世捨て人になるかもしれない。

セルティと比肩《ひけん》しうる美しさを持つのは、もうこの広大な地球ぐらいしかないんじゃないだろうか……そういう事を僕は言いたいわけだよ。いや、でもセルティの方がちょっと勝《まさ》ってると思うんだけど、どう思う？

……ねえ静雄《しずお》、そこのトムっていう人が僕にさっきから憐《あわ》れみの視線を向けてるんだけど、どういう事かな？

何で黙《だま》るの？

まあいいや。

え？　セルティかい？

セルティなら、粟楠《あわくす》会の四木《しき》さんの仕事に行ってるよ。

そ、四木さん。

上部団体の目出井《めでい》組が明日機《あすき》組と杯《さかずき》を交《か》わすとかどうとかで、向こうも忙《いそが》しいみたいだけど……何だか重要な仕事をセルティに頼みたいんだってさ。

……。

うん、まあ、心配じゃないかって言えば嘘《うそ》になるよ。

粟楠会はほら、そういう職業の人達じゃない？

セルティみたいな可憐《かれん》な女の子に、銃弾《じゅうだん》飛び交う血生臭《ちなまぐさ》い仕事は似合わない……なんてのは嘘《うそ》さ。実は凄《すご》く似合うと思ってる。

銃弾の間を駆《か》け抜ける漆黒《しっこく》のライダー。かっこいいよね。

だけど、心配なのは本当。ずっと僕と一緒に居られればいいんだけど、残念な事に僕は足手まといに過ぎないからねえ。

ああ、セルティ強いから安心できるけどね。

セルティは強いよ。精神的にも肉体的にも。

ていうか、静雄さー、君が化け物すぎるから隠《かく》れてるけど、セルティも充分力は強いんだよ？

鉄の棒《ぼう》ぐらいなら普通にグニャリと曲げられるんだから。

車に撥《は》ねられたってへっちゃらさ。いや、それなりに痛いらしいけど。

そこらのチンピラ程度になら、十人ぐらいに囲まれたって平気さ。あ、でも、流石《さすが》に三十人とかは怯《ひる》むかもしれないなあ。

一部のオカルトと白バイが恐いって弱点はあるけど、まあ弱点があった方が女の子として可《か》愛《わい》いと俺《おれ》は思う。

強い上に可愛いんだ。いいよね？　いいだろ？

静雄《しずお》には渡さないよ。セルティ、静雄と仲いいけどさ。結構嫉妬《しっと》してるんだよ？

……え？　トムさんだっけ？　何ですかその顔？

セルティ？　ええ、そうです。黒バイクの事ですよ。

女だったのかって……？　静雄、説明してなかったの？

……え？　静雄も最近まで知らなかったの？　セルティが女だって。

信じられない！

あんなに魅力《みりょく》的な足運びをしているのに！　影の下に浮かぶ艶《なま》めかしいボディラインを見れば、自然と欲情してくるぐらいに魅力的じゃないか！

そう……人を愛するのに首から上が要《い》らないのなら、色香にも首から上は要らないのかもしれないね。現に、高校時代、普通の女の子達に僕は欠片《かけら》も魅力を感じなかった。けれど、セルティだけは別さ！　子供の頃は、セルティは頼れるお姉《ねえ》さんって感じだったけど、今じゃ僕も成長して、セルティは可愛い子猫《ねこ》ちゃんだよ。僕はネズミかもしれないけどね。

……ごめんなさい。惚気《のろけ》すぎました。でも後悔はしていない。

女の子に話を戻そうか。

初対面の女の子に『死んじゃえ』って言われるなんて、静雄は一体何をしたのさ。

心当たりが無いのは解《わか》るけど、君は知らないうちに恨《うら》みを買うタイプだからね。

例えば、君がたまたま喧嘩《けんか》で引っこ抜いた街路樹があったとする。

その街路樹は、ある母親を亡くした女の子から見れば、母親の死んだ日に芽吹いた木が生長した姿だったのかもしれない……。母親代わりにしていた木を引っこ抜いた君は、少女に命を狙《ねら》われる程に恨まれてしまった……そんな可能性があるかもしれない。

まあ、たとえ話だけどね。

あの女の子が無差別に人を殺したがる殺人鬼《さつじんき》ってのよりは可能性高い話だと思うよ？

え、罪歌《さいか》？

いや、それもないでしょ。彼女、目とか赤くなってなかったし。

ま、どんな理由にせよね、人ってのは意外と簡単に殺意を向けられちゃうもんだよ。

想像できようができまいが、これはもうしょうがない。

それは、ある日突然ふりかかるんだ。

中には誤解とか逆恨《さかうら》みだってあるさ。

だけど、誤解で殺されそうになる事に怒りを覚えた所で……殺意を向けられてしまった事には変わらない。なんとかしてその状況を乗り越えるしかないわけだ。


それに、誤解じゃないかもしれない。

自分が過去に起こした些細《ささい》な事が、他人の人生を狂わせる。結構あるんだよ、そういう事。

ま、意図的にそういう『些細なこと』をする奴《やつ》もいるけどね。

臨也《いざや》の奴とか。

おっと、露骨《ろこつ》に不機嫌《ふきげん》な顔になったね。

いいかげん仲直りしなよ君ら。

……いや、君らが仲良かった時期なんて無かったかな?


懐《なつ》かしいねえ。高校時代か。

あの時は、青春っていうには余りにも赤かったねえ。

君や臨也の周りは、いつだって血だらけだ。

おかげで、僕は骨折の処置とか縫合《ほうごう》とか随分上手《うま》くなったよ。ハハ。

臨也の事、僕は嫌《きら》いじゃないよ。

あいつは素直なだけさ。自分の欲望に対してね。

君が自分の感情に正直なのと同じだよ。

臨也の場合、欲望の方向が、素直に金だの女だのだったら良かったんだけどねえ。

人間観察なんて一番わけの解《わか》らないものに手を出しちゃったよ。

他人を観察して得意げになる奴って無駄《むだ》にムカツクよねえ。みんなを格下《かくした》に見てるみたいで。

あいつは空気を読む奴だったから、嫌われる事はなかったけど――空気を読んだ上で、相手には嫌われずに、なおかつ相手を一番揺さぶるような事を言うんだよなあ。

……トムさんて人、なにか言いたそうにしてるけど、どうぞ？

……え、私の方がよっぽど人間観察して優越感に浸ってるっぽいって……。参《まい》ったな。嫌われるタイプの人間は私だったかー。

まあ、セルティに嫌われなければどうでもいいや。

ともかく、来良《らいら》学園の頃みたいにまた三人揃《そろ》って遊びたいねえ。

君と臨也が殺し合いみたいな喧嘩《けんか》してるのを、離れた場所から見るのが日課だったからさ。

そういえば、今時《いまどき》の来良学園の生徒達はどうなのかな？

えーと、僕はよく知らないんだけど、鍋《なべ》パーティーの時、竜ケ峰帝人《りゅうがみねみかど》君ってのがセルティの知り合いにいたね。あ、園原杏里《そのはらあんり》ちゃんって子は僕も割と知ってる。君も前に銃《じゅう》で撃たれてここに来たとき、一回顔を合わせたろ？　あとは……矢霧誠二《やぎりせいじ》君と張間美香《はりまみか》は知ってたっけ？　鍋《なべ》パーティーの時、静雄《しずお》もいたろ？

え、誠二は知ってる？

ボールペンで刺《さ》された？　何それ？

ま、それはともかく……基本的に、大人《おとな》しそうな子達だったよねえ。

帝人《みかど》君も杏里《あんり》ちゃんも、喧嘩《けんか》一つできなさそうな今時《いまどき》の子供達みたいだったね。

セルティと何か秘密を共有してるみたいだけど、まあ、秘密が魅力《みりょく》に変わるのは子供や女の子の特権だよ。ミステリアスな美女。謎《なぞ》の子供。いいね。映画の導入っぽい。むさ苦しい男が謎を持っててもそりゃただの不審者《ふしん》だ。

……なんで『不審者』って単語を聞いて僕の顔を見るの？

ま、それはともかく——

今時の子達は、どんな青春を送ってるんだろうね？

僕の高校時代は、君と臨也《いざや》のせいで一見《いっけん》台無しだったけど、家に帰ればセルティが居たからもうそれだけで満足だったよ。

帰る場所があるってのは良いことさ。

もっとも……臨也の奴《やつ》と知り合いっぽいのが気に掛かるけどねえ。

青春っていうのはね、蠢《うごめ》くんだよ。

ドロドロのぐちょりって感じでさ。

そもそも青春って単語は、『人生の春である時期』って意味からつけられたんだけど……。

春って、決して爽《さわ》やかなものとは限らない。

毛虫だのなんだの、人によっては快くないモノが蠢き出す季節でもあるんだからね。

もしかしたら、自分達がその地虫の群《むれ》の一匹《びき》になるかもしれないんだ。

彼らはそんな事にならないといいって思ってるけど、さっきも言ったように、人生、どこで他人の恨《うら》みを買ったりするか解《わか》らないからねえ。


そもそも、帝人君に至っては『臨也の知り合い』って時点で、だいぶヤバイ領域に足を突っ込んでるんだからさ。

まあ、こないだの鍋《なべ》パーティーで君とまで知り合っちゃった時点で、もう半分地獄《じごく》の底の鍋にブボワ――。

3章

# 青春時代は煌き墮ちる

Ryohgo Narita

ロシア某所《ぼう》

「で、何の話だったっけか」

両手に嵌《はま》る壺《つぼ》をカチカチと打ち鳴らしながら、リンギーリンがあっけらかんと尋ねかける。

だが、軽い調子の口調とは裏腹《うらはら》に、彼が現在立っているのは随分と血生臭《ちなまぐさ》い空間だった。

文字通り、その部屋は血の臭《にお》いに満ちている。

だが、それ以上に強い火薬臭《しゅう》が立ちこめ、硝煙《しょうえん》が周囲の床《ゆか》に広がる赤を幾分かぼやけさせている。

リンギーリンの足下に転がるのは、無数の屍《しかばね》。

先刻話していた密入国者の集団だろうか、明らかに異国人と解《わか》る外観の男達が、頭や胸から血を流して死臭を漂《ただよ》わせる肉塊《にくかい》と化していた。

そんな空気の中、生きている男達の様子は先刻までとまるで変わらない。

ドラコンは眼鏡《めがね》の曇りを拭《ふ》き取りながらリンギーリンの傍《かたわ》らに立っており、周囲にいる特殊部隊風の人間達は無言で周囲に警戒《けいかい》の目を向けていた。

「ヴァローナとスローンの話です。同志リンギーリン」

「ああ、そうだったそうだった。途中《とちゅう》でこいつら来ちまうんだもんよ。空気読めてないよな。だから死ぬんだ」

大きく息を吐《は》きながら呟《つぶや》くリンギーリン。

彼は壺《つぼ》から抜けなくなったままの両手を大きく広げ、大袈裟《おおげさ》な調子で語り出す。

「そう、空気を読むってのは大事な事だ。そういう意味で、デニスとサイモンは空気読めてたよな。あいつらが日本にトンズラしたの、俺《おれ》らが最大のピンチを迎える直前だったからよ」

「敵対《てきたい》商社への警告として、彼らが雇《やと》った警備会社を襲撃《しゅうげき》した時ですな」

「あの時はマジで死ぬかと思ったね。いやー、あれは俺が空気読めてなかったわ。だってよ、まさか元特殊任務部隊《スペツナズ》の連中がわんさかいるとは予想できなかった。こっちは脅《おど》しでわざと外《はず》してやったってのに、あいつら本気で殺しに来るんだもんよ」

カラカラと笑う雇い主に対し、ドラコンはわざとらしく眼鏡をかけ直し、無表情のままで冷たい言葉を口にする。

「民主化に伴った軍縮の際に、多くの特殊任務部隊員が職を失いました。再就職先として、警備会社やマフィアに雇われている者も多いから警戒すべき……と、私はソ連崩壊《ほうかい》時から二十三回ほど進言した筈《はず》ですが、同志リンギーリンは聞いておられなかったようです」

「いやだって、俺の知り合いの隊員達はみんなそのまま傭兵《ようへい》になってたからよ……。っていうか、今は俺を責める空気じゃないだろ？　ドラゴンも意外と空気読めないよな」

「貴方《あなた》の両手が現在最も場の空気から逸脱《いつだつ》しております。同志リンギーリン」

蜂蜜壺《はちみつつぼ》を漁《あさ》る熊のような格好の雇い主を前に、蔑《さげす》みも侮《あなど》りも怒りも見せず、ただ淡々と事実だけを突きつけた。

リンギーリンは緩《ゆる》やかに眼《め》を逸《そ》らし、誤魔化《ごまか》すように笑いながら言葉を返す。

「俺だって好きでこうしてるわけじゃ……」

と、次の瞬間《しゅんかん》――轟音《ごうおん》と共に壺が弾《はじ》け散った。

右手の壺の中から現れたのは、黒光りする一丁《ちょう》の拳銃《けんじゅう》。

その銃口からは硝煙《しょうえん》が立ちこめており、割れた破片が雨のように床《ゆか》の死体へと降りかかった。

一瞬《いっしゅん》遅れて、コポリ、と何かが零《こぼ》れる音が響き渡る。

ドラゴンが見ると、そこでは仰向《あおむ》けに倒れ、死体の振りをしていた密入国者が口から血を垂れ流しており、リンギーリンに狙《ねら》いを定めていた銃《じゅう》を力無く床に取り落とした。

「……おみごと、と申しておきます」

肩《かた》を竦《すく》めながら呟くドラゴンを余所《よそ》に、リンギーリンは顔を爽《さわ》やかに輝かせる。

「そうか……撃《う》っちまえば良かったんだ！　壺は勿体《もったい》ねえが、この銃よりは安かった……筈《はず》！」

「まず壺《つぼ》に銃《じゅう》を入れる必要性に疑問を感じます。そして何故《なぜ》手を離して銃を取り出さなかったのですか？　そもそも弾丸《だんがん》で割るぐらいならば、最初から壁に叩《たた》きつければよいのでは？」

「何を言ってるのか良く解《わか》らねえ。ロシア語で話せ」

「私が今しがた紡《つむ》いだ言葉が、英語か日本語にでも聞こえましたか？　解《わか》りました。脳の言語感覚を司《つかさど》るウェルニッケ野《や》に異常があるとすれば、可能性的には私かあなたのどちらか一人と思われます。二人揃《そろ》って病《バリニーツア》院に行きましょう。どちらが療養所《サナトーリー》送りになるか楽しみですな」

　言葉と共に、ドライアイスの塊《かたまり》が吐《は》き出される。

　そんな幻覚が見えそうになった為、リンギーリンは更《さら》に大きく目を逸《そ》らし、話を本筋に戻す事にした。

「ま、ヴァローナの嬢《じょう》ちゃんの話だったな。あいつは齢《とし》はもう20だが、中身はまだまだお子ちゃまだからよう。役に立つ代わりに、サイモン《サーミャ》達と違って空気が読めねえんだよなあ」

「空気以前の問題です。奴《やつ》らは我々の決して犯してはならぬ不文律《ふぶんりつ》を犯した。機会を頂ければ私の手で奴らの脳漿《のうしょう》をぶちまけます」

「恐いねぇー。実の娘《むすめ》相手に言う事じゃねえだろ。俺《おれ》はもう怒ってねえって事にしてやるから、物置に閉じこめるぐらいで勘弁《かんべん》してやれよ」

「倉庫ですか……。銃殺《じゅうさつ》よりも餓死《がし》の方が苦しいと思いますが」

　真顔《まがお》で呟《つぶや》くドラコンに、リンギーリンはケヒヒと笑い、快活に舌《した》を回し始める。

「おいおい、処刑前提《しょけい》かよ。よせやい、俺らは別に軍隊でもマフィアでもねえ。もっとおおらかにいこうや。簡単に殺すなんてお前、あれだ、その、ちょいとばかし野蛮《やばん》だぜ？」

無惨《むざん》な死体に埋《う》め尽くされた部屋の中心に腰掛《こしか》けながら、いけしゃあしゃあと語るリンギーリン。

「第一……お前にゃ、実力的な意味でもヴァローナを銃殺なんて無理だろ」

「肯定《こうてい》です。恥ずかしながら、私では手が出せない。だからこそエゴールを日本に送ったのでしょう？　場合によっては、デニスとサイモン《サーミャ》にも協力をあおげと。……もっとも、そのエゴールも、先日現地の人間を相手に重傷を負ったようですが」

「日本も日本でおっかないねぇー。我らが大統領閣下《かっか》も、柔道《じゅうどう》っつー日本の格闘技の使い手だそうだが、その柔道の達人《たつじん》にでもあったかね？　そうだ、こっちの壺も割っちまえ」

左手の壺に右手の銃口《じゅうこう》を向けながら言うリンギーリンの肩《かた》に手を置き、ドラコンは視線すら送らずに淡々と紡《つむ》ぐ。

「細かい事はもう言いませんが、左手を怪我《けが》しますので、グリップで叩《たた》き割るのが宜《よろ》しいかと。そして日本の話ですが、まったく厄介《やっかい》な話です。エゴールが現地の人間に不覚《ふかく》をとった事を知れば、ヴァローナはそれこそ黙《だま》っていないでしょう」

「まあなあ。お前が機械みてえな代わりに、ヴァローナの嬢《じょう》ちゃんは本当に人間らしいぜ。自分の本能とか欲望の為にガンガン動き回って、あっさり人を殺せるんだからな。食うだの防衛本能だの以外の理由でも殺すから、獣《けもの》とちょいと違う、人間ならではの感覚さ」

グリップが叩《たた》きつけられ、左手の壺《つぼ》が砕《くだ》け散る。

中からは蜂蜜《はちみつ》漬けのビーフジャーキーが握《にぎ》られており、リンギーリンはそれを口に運びながら呟《つぶや》いた。

「もっとも、人間の中でもかなりおかしい奴《やつ》だとは思うがね」

「同志リンギーリンを前に言うのもなんですが、ヴァローナは人間として未成熟です。母親を亡《な》くした幼少期の娘《むすめ》に、本だけを与えて放任し続けた結果です。知識だけはありますが、奴の精神は子供のようなものです」

半分は自分を責めるような感情を込めて呟くドラコンに、リンギーリンは手を振りながら軽い調子で口を開く。

「いいじゃねえか。言わば青春時代真《ま》っ直中《ただなか》だ。ガキのうちに外国で揉《も》まれるのもありさ。日本ってのは、春は俺《おれ》らの国よりも暑いもんなんだろ？　楽しんでくりゃーいい」

「もっとも、ガキらしくねえオモチャをうちから持ち出しすぎたけどな」

♂♀

5月3日　池袋《いけぶくろ》某《ぼう》所　道路上

地面に転がった人影を遠目に見つめながら、ライダースーツの女――ヴァローナは静かにバイクを発進させる。

「……」

同時に、シュルリと何かがすれる音がして、彼女の腰《こし》のベルトへと細い煌《きらめ》きが吸い込まれていった。

もっとも、その僅《わず》かな光が目にとまった者など周囲には存在せず、道を歩いていた通行人達は、転倒したバイクと、その上から突然放り出された運転手の体に目を奪われている。

一方で、後部にいた車はどうする事もできずに車を止め、あるいは関わり合いにならぬように横道に車体を滑《すべ》らせていった。

そうした『傍観《ぼうかん》車』の一台を装いつつ、ヴァローナもまた、横道の中へとバイクを走らせる。

徐々《じょじょ》に、通りの人々がざわめき始めたのをバックミラーで確認しつつ、それ以降は特に背後の道路を気に掛ける事無く夜の街を走り続けた。

ざわめきの理由を、彼女は知っている。

自分もこの目で確認した。

あの『黒バイク』のライダーのヘルメットが宙高く舞い上がり、頭部を失った体が地面に勢いゝよく叩きつけらゝれるゝ瞬間ゝをゝ。

「……」

ヘルメットの中で考え込むように口を閉ざしながら、ヴァローナは夜の道路をひたすらに進み——やがて、目的の場所へと辿《たど》り着く。

車通りの少ない道路には、一台のトラックが止められている。

架空《かくう》の会社のロゴが入れられた、彼女の所有物である偽装《ぎそう》トラックだ。

運転手であるスローンは既《すで》に運転席に待機《たいき》しているようで、自分が近づくと同時に、ハザードランプが短く光る。

ヴァローナは静かに車体を寄せ、トラックの後部に回り込んだ。

彼女の動向に合わせて背面の扉《とびら》が開き、タラップのような形で、自動的に地面へと鉄板が配置される。

その鉄板の上を軽く走らせ、直接トラックの荷台に乗り込むヴァローナ。

荷台の中の半分は倉庫のような感じで、バイクを置く為の台を含め、様々な貨物が積み込まれている。一方、前側半分はキャンピングカーのような様相を成しており、白く柔《やわ》らかい獣毛《じゅうもう》のソファーやクローゼットなどが置かれている。

クローゼットの前に立ち、纏《まと》っていたヘルメットとライダースーツを勢いよく脱《ぬ》ぎ捨てるヴァローナ。その下に現れたのは薄手《うすで》のTシャツとスパッツのみで、均整の取れた肉体が蛍光灯《けいこうとう》の中に浮かび上がる。

本物のキャンピングカーのように電気を引いているようで、蛍光灯の他にも、スペースの前面にはコンセントまで確認できた。

彼女がTシャツも脱ぎ捨て、上半身がブラジャーのみとなった所で、テーブルに置かれた無線機からスローンの声が聞こえてきた。

『お疲れ様』

トラックの運転席から話しているであろう男の声は、のんびりとした口調で問いかける。

『今、着替えてるのか？』

「肯定《こうてい》します」

『それは、見られないのが残念だ』

「私は残念ではありません」

淡々と返すヴァローナ。彼女は本当に照れた様子も怒った様子もなく、無駄《むだ》のない動きで新しいTシャツに袖《そで》を通す。

あまりにも素《そ》っ気《け》ない返事に言葉を窮《きゅう》し、スローンは関係の無い言葉を口にする。

『ところで、待ってる間に1313ってナンバープレートの車が前を通って思いついたんだが……なんで13って縁起《えんぎ》が悪い数字なんだ？　気になって死にそうだ。これも13の呪《のろ》いか』

「諸説存在します。最後の晩餐《ばんさん》、ユダの座った13番目の席が有名。ただし、キリスト教だけが原典にあらず。北欧《ほくおう》の神々の伝承。12人の神による調和。13番目に現れたロキが調和を乱した。古代、12進法使っていた国々、13番目は12の調和を破壊。忌《い》み数字。残念」

『なるほど、なんだかスッキリしないねえ。あと……やっぱりロシア語で話してくれないかな? 俺《おれ》は昔、日本語を徹底的に仕込まれたからある程度話せるけど……君の日本語は少し硬いというか、おかしい。人に誤解を与えて嫌《きら》われる』

「否定します。仕事の話が通じる、問題ありません。人に嫌われる。問題ありません」

あっさりと答えるヴァアローナに、運転席からもあっさりとした答えが聞こえてきた。

『よく解《わか》らないが問題無いのか。なら、いいか』

難しく考える事を止《や》めたスローンは、そのままトラックを発進させる。

そんな声を聞きながら、ヴァアローナは完全に私服に着替え終わり、ソファに腰掛《こしか》けながら独《ひと》り言《ごと》を呟《つぶや》いた。

「簡単に過ぎる。失望。黒バイク、弱小すぎです」

『何か言ったかい?』

「スローン、無関係」

『関係ないか。じゃあいいや』

軽い調子の声が途絶《とだ》えたのを確認すると、彼女は一人目を閉じ、想いにふける。

——がっかりです。

——あの映像に映ってた、化け物のような人間なら、私を満足させてくれると思ったのに。

——警戒心《けいかい》もなにもない。ただのチンピラに過ぎなかった。

——まさか、首にかけられた特殊鋼線《こうせん》と信号機が繋《つな》げられていた事にも気付かないなんて。

——渇《かわ》く。

——……渇く。

♂♀

青春というものが『人生の春』という時期を表すのならば、その女は今年で二十歳《はたち》になるというのに、未だその時期を迎えていなかった。

ヴァローナという女は、人間を愛した事がない。

恐らくは、自分自身すらも。

愛という感情があるという事は知識として知っている。

それが自分の人生に必要なのかどうか、それを判断する事はできない。

彼女は知識以外には、愛という感情を実感した事がないのだから。

幼い頃から、父の背を見て育ってきた。

しかし、それは父に憧《あこが》れていたわけではない。

ドラコンというコードネームを付けられた彼女の父親は、自分に向き合おうとしなかった。時間を潰《つぶ》す為の書物だけを与え、彼女には常に背を向け、どこか違う方ばかりに自分の意識を向けていた。

【そいつぁ愛情ってもんだぜ。嬢《じょう》ちゃんに背中を向けて、世界中のいろんなもんから嬢ちゃんを護《まも》ってくれるのさ。ドラコンは不器用な上に意地っ張りだから、絶対顔に出さねえけどな】

父の雇《やと》い主だというリンギーリンは、少女に対してそんな事を言っていた。

愛情の意味が解《わか》らない彼女にとっては、彼の言葉も理解できず、ただ、いたずらに混乱するだけだった。

だが、寂《さび》しさを覚える事は無かった。

父は多くの書物を家にため込んでおり、彼女はそれを自由に読む権利を有していた。

また、少女が望めば、父は書物に限って顔色一つ変えずに彼女に買い与えた。

リンギーリンは常人《じょうじん》の数倍の速さであらゆる書物を読みあさる彼女を面白がって、外国の変わった本なども取り寄せては少女にプレゼントした。

本に囲まれた彼女は、人生に必要な知識から全く無駄《むだ》な知識まで、目に付いたものを次から次へと頭の中に叩《たた》き込む。

父親に愛される事も、他人を愛する事もなかった少女。それでも、彼女は自分の境遇を強く不満に思う事はなかった。

学校の子供達とも特に関わりを持とうとはせず、周囲の子供達もまた、彼女の父親が何か物騒《ぶっそう》な商売をしていると知った親達から『なるべく近づかぬように』と言い含められており、孤独な幼少期を過ごし続ける。

しかし、それでも彼女にとっては、書物があれば満足だった。

渇《かわ》きを覚える事などなかったのだ。

あの瞬間《しゅんかん》が訪れるまでは。

少女が最初に渇きを覚えたのは、初めて人を殺した瞬間だった。

家に入ってきた強盗《ごうとう》を、本で得た知識で殺してしまった夜。

半分は偶然《ぐうぜん》に助けられたとはいえ、彼女はとある方法を使って一人の男を殺害せしめたのだ。

まだ10歳《さい》になったばかりの、銃《じゅう》もろくに撃《う》てぬような少女が、たった一人で。

本で読んで想像していたよりも、遥《はる》かにあっさりと動かなくなる人間の体。

その光景を見て、少女の心に奇妙《きみょう》な風が吹いた。

自分の心に渦巻《うずま》いた違和感が『渇き』だと気付いたのは、それから何年も先の事。

連絡を受けた父が駆《か》けつけ、物言わぬ死体と化した強盗を見た時——彼は、無言で娘《むすめ》の体を抱《だ》きしめた。

機械のような父親だったが、無表情のまま自分を抱きしめた腕《うで》の温《ぬく》もりは今でもはっきりと覚えている。

幼い彼女は考えた。

良く解《わか》らないが、父がこちらを向いている。

自分に関わりを持とうとしてくれている。

何故《なぜ》？

自分は何をした？

——悪い人をやっつけたから？

——自分より強い人を殺せたから？

——私が、強かったから？

如何《いか》にも子供らしい、馬鹿げた推測だった。

幼心にも、なんとなく——いや、絶対にそれは違うと感じていた。

しかし、彼女は、愛情というものが理解できなかった。

だからこそ、父親が自分を抱きしめた理由など解ろう筈《はず》もなかった。

彼女は本当の理由も解らぬまま、仮初《かりそ》めの理由に縋《すが》り続ける。

正確には、縋るフリをしたのだ。

彼女はその後、父の部下であるデニスやサーミヤに、本では学べなかった事を教わり始めた。

デニスとサーミヤは比較的若い面子《メンツ》だが、過去に何をやっていたのかは良く知られていない。

商社の社長のリンギーリンはそうした事を気にしない性質《たち》のようで、調べてみた所で、せいぜいデニスがかつて軍人だったらしいという事しか解らなかった。

だが、彼女にとってはその僅《わず》かな情報があれば充分だった。

彼女は二人から様々な武器の使い方や戦い方を教わろうとした。デニスは『女子供に教えるもんじゃない』と突っぱね、サーミヤもまた、体の鍛《きた》え方ぐらいしか教えてくれなかった。

それでも、彼女が父の仕事の手伝いをするようになってからは、少しずつ武器の使い方などを教えてくれるようになった。最低限身を守る為の心得などだったが――少女はそれを、人を打ち倒す為の手段に変える。

最初は、街のチンピラ達。

次は、武器を持った薬の売人《ばいにん》達。

次は、従軍経験のあるマフィアくずれ。

次は、そうした連中を二人同時に相手に。

次は三人。

次は四人――五人――六人――

そのように、徐々《じょじょ》に戦う相手の質を上げていき、生き残る度《たび》に自分の力を噛《か》みしめる。

ある日、父親の所属する会社と敵対《てきたい》する集団がいて、そこを潰《つぶ》す算段をしているのを知った彼女は——一人でその集団に近づき、一人で全滅させてしまった。

リンギーリンが報告を受け、部下達と共に現場に訪れると——、血と火薬の臭《にお》いに蹂躙《じゅうりん》された空気を吸い込みながら、死者の所有物であるゴシップ雑誌を読みふけっている少女の姿があった。

傷一つない彼女に父親が与えた物は、厚い抱擁《ほうよう》などではなく、平手《ひらて》打ちによる鋭い痛み。

そして——その瞬間《しゅんかん》、彼女は気付く。

自分が、今、平手打ちを受けた事に全くショックを受けていないという事に。

寧《むし》ろ、それが当然であると心の底で納得していた事を理解する。

何年も何年も前から。

それこそ、最初に強盗《ごうとう》を殺した瞬間から。

同時に、それは一つの事実を彼女の心にもたらした。

父親に褒《ほ》められぬと解《わか》っていながら、何故《なぜ》、こんな真似《まね》をしたのか。

どうして自分は多くの人間と闘争を続けていたのか。

自分は、愛情などを欲していたわけではなかったのだ。

単純な話だった。

楽しかった。

愉《たの》しかった。

快《たの》しかった。

心地好《たのし》かった。


狂《たの》しかった。


要するに、自分は父親にこちらを向いて欲しいなどという見え透《す》いた建前《たてまえ》を掲げながら、己を騙《だま》してひたすらに快楽に浸っていたのだ。

それを気付かせたのは、皮肉にも父親が娘《むすめ》を心配するが故《ゆえ》の平手打ちだったのだが、彼女にはもはや父がどちらを向いていようが関係無い事だった。

歯止めを失い、急速に強く、そして壊《こわ》れていく。

リンギーリンはそんな彼女を見て、頭が良いのに屍肉《しにく》を欲するカラスみたいだと評し、笑いながら『ヴァローナ』という渾名《あだな》をつけ、正式に商社の一員として迎え入れた。

そして、リンギーリンの仕事において、彼女は幾人もの『敵』を排除《はいじょ》し続ける。

だが、彼女の渇《かわ》きが癒《いえ》る事はなかった。

最初の時のように、父親が抱《だ》きしめてくれなかったから？

否《いな》。

もう、それが理由ではない事は知っている。

ならば、彼女は血に飢《う》えた殺人鬼《き》なのか？

それも、正確には否《いな》と言えるだろう。

彼女は人を倒す事が好きなわけではない。

人を殺す事が好きなわけではない。

ただ——彼女は、固い物を殴《なぐ》り、打ち砕《くだ》く事が好きだった。

幾重《いくえ》もの防備を打ち破り、鍛《きた》え上げられた筋肉をナイフの刃《やいば》でズタズタに切り裂《さ》く。

近代的な重《じゅう》武装の隙間《すきま》から、時にはガスを、時には銃弾《じゅうだん》を叩《たた》き込み、殻《から》の中の柔《やわ》らかい肉がズタズタになる瞬間《しゅんかん》を想像する。

確認。

彼女はただ、確認したいだけだ。

それは一種の知識欲なのかもしれない。

脆《もろ》い。

彼女にとって、あまりにも——あまりにも、人間は脆かった。

だが、本当にそうか？

書物で読んで想像したよりも、最初に殺した強盗《ごうとう》は遙《はる》かに脆かった。

だからこそ、渇《かわ》いた。

幼き日に人を殺したという事実は、少なからず少女の心に傷を残す。

疵痕《きず》を触《さわ》らずには居られぬ性分《しょうぶん》の人間——治りかけのかさぶたを敢《あ》えて剝《は》がす人間が存在する中、彼女の場合は、心の傷を弄《いじ》らずには居られなかったのだ。

あの時、自分が殺したのは本当に人間だったのか。

人間は、本当に脆いのか？

自分も含め、本当に脆いのだろうか。

どれだけ鍛えようと、どれだけ重武装しようと、どれだけの修羅場《しゅらば》を経験しようと——

人間とは、石英《せきえい》と同硬度の骨格に頼り切った、水《みず》風船のような肉塊《にくかい》に過ぎないのだろうか？

何故《なぜ》か——それを確かめ続けなければ不安になる。

理由は解《わか》らない。

そんな思いを抱《いだ》きつつ、彼女は敵《てき》を求め続け——

彼女の本意ではないものの、現在は戦場とは程遠い国の都市で、フリーの『何でも屋』として独自に仕事をする形となっている。

《はい！　というわけでね、みんなのアイドル、タケモー・エイジの挨拶《あいさつ》から入らせていただいたわけですけれどもね！　今日も元気に雷撃《らいげき》ロシアン天国の放送を始めたいと思います！　お相手は、ロシア語と日本語のバイリンガルとしてお馴染《なじ》みのこのベイビー！》

《Сегодня также рады удовлетворить всех!《今日もみなさんと会う事ができて嬉しいです》　村田《むらた》キエリーです！　って、ベイビーってなんなんですか藪《やぶ》から棒《ぼう》に！》

《おいおいおーい、違うでしょ？　藪から棒って、そんな単語ロシア語使いに相応《ふさわ》しくない！　もっとこうね、キエリーには江戸っ子要素は排除《はいじょ》してロシア的なエロさを醸《かも》し出して欲しいわけよ！　こう、北国ならではのね！　厚い毛皮のコートの下は実は下着一枚でした、みたいなノリの！》

《Замолчй・Трилобиты》

《えっ!?　ちょっ！　なんて言ったの!?　ねえ今なんて言ったのロシア語で！》

何やら騒《さわ》がしいラジオの声が聞こえ、ヴァローナはゆっくりと目を開く。

――半分、眠《ねむ》ってた。

♂♀

どうやら、運転席にいるスローンが適当にラジオを流しているようだ。

時計を見たが、それほど時間は経《た》っていない。

ラジオの音と共に、無線機からは聞き慣れた馬鹿笑いが聞こえてくる。

『ハハハハハハハハ！　聞いたかヴァローナ！　ラジオの女、《黙《だま》れ、三葉虫《さんようちゆう》》だってよ！　三葉虫なんて悪口、俺《おれ》らでも普段使わないよな！　ハハハハハハ！』

「肯定《こうてい》です。しかし、今の貴方《あなた》ほど大量に笑う話とは違うと思います。それと、【Трилобиты】をなめらか和訳したスローンの語学力に少し驚愕《きようがく》です」

『君の父に徹底《てつてい》的に仕込まれた。日本語の新聞や小説を山ほど音読させられたよ』

「私、逃亡しました。親子の縁《えん》、切れてます。次会った時、どちらか死亡します。残念無念」

日常的な会話から一転。物騒《ぶつそう》な言葉を紡《つむ》ぎ出した後、ヴァローナは相変わらずの無表情で語りかける。

「黒バイクに搭乗《とうじよう》したボディーガード、先ほど殺害しました」

『それはよかった』

「子供の居場所、見つかり次第連絡がくる。それまで、別の仕事こなす必要あります」

『ああ……そういえば、別の仕事も受けてたな。だが、いいのか？　気の進まない仕事なんだろう？』

スローンの声に、ヴァローナは棚《たな》の上に置かれた本を手に取り、しおりの場所を開きながら淡々と答えを返す。

「問題は皆無《かいむ》です。今夜のうちに動きます」

そして、しおりとして挟《はさ》んでいた一枚の写真を手に取った。

——これが、ターゲット。

——本当に、気が進みません。

——こんな、何の訓練もしていないような、ただの女の子を痛めつけろなんて。

——流石《さすが》に罪悪感が湧《わ》きますし、何より、退屈です。

——依頼主の逆恨《さかうら》みかもしれませんが……仕方の無い事ですね。

ヴァローナはあっさりと自分を納得させ、ターゲットの写真を再度その目に焼き付ける。

丸眼鏡《めがね》と大人《おとな》しそうな顔が特徴的な少女。

園原杏里《そのはらあんり》。


与えられた資料に書かれた名前に、ヴァローナは特に何の感想を抱《いだ》く事も無かった。

彼女はまだ、この街に来て日が浅い。

そして、池袋《いけぶくろ》という街に興味すら抱いていない。

もっとも、たとえ池袋の住人だとしても、その名前の少女がどのような存在かを知る者は極《ごく》少数しか存在しないのだが――

その極少数の輪の中に踏み込む事が何を意味するのか、この時点でのヴァローナは、欠片《かけら》も気付く事ができなかった。

――それにしても、本当にあの黒バイクにはがっかりです。

――……でも、首が飛ぶ程の速度は出していなかったように思いますが……。

――死んだものは仕方がありません。

――やはり、手品師だろうが人間は弱いものです。

彼女が澱切《よどぎり》に見せられた映像は、ほんの一部に過ぎなかった。

だからこそ、彼女は知らなかった。

あの黒バイクが――セルティ・ストゥルルソンが、日本のマスコミに、どのような名で騒《さわ》がれているのかという事を。

首無しライダー。

元から繋《つな》がっていないセルティの首を斬《き》り飛ばす事など、どう足掻《あが》いた所で不可能である。

そんな知識は——彼女が読んだどの本にも書かれてはいなかった。

だからこそ、彼女は気付かなかった。

常識の外側にまで警戒《けいかい》する事ができなかったのだ。

そこまで警戒しろというのは、相手の幽霊《ゆうれい》に呪《のろ》い殺される事を警戒して、御札《おふだ》を握《にぎ》りしめながら仕事を行えというようなものだろう。

セルティ・ストゥルルソンという存在は、そのぐらい常識の埒外《らちがい》にいる存在なのだと。


そして——己のバイクの異常についても、ヴァローナは最後まで気付く事ができなかった。

彼女のバイクの後部に、一本の——髪《かみ》の毛ほどの細さの線が絡《から》みついているという事に。

漆黒《しっこく》の線はトラックの外にまで通じ、夜の闇《やみ》の中を何処《どこ》までも延びているという事に。


影の糸が延びる、その先から——異質の根源が迫っているという事にさえ。

♂♀

5月3日　夜　池袋《いけぶくろ》　某《ぼう》ネットカフェ

「さて……」

それは、とても爽《さわ》やかな声だった。

陳腐《ちんぷ》な言い方をしてしまえば、聞く者に、『青空が話しかけてきた』と錯覚《さっかく》させるような声。

それ程までに透《す》き通り、心地よく澄《す》み渡る響きだった。

「少しは面白くなってきたかな」

携帯電話の中に浮かぶ文字列を眺《なが》めながら、声の主が呟《つぶや》いた。

ネットカフェの中で寛《くつろ》ぐのは、実に爽やかな顔をした好青年。

一見すると優男《やさおとこ》に見えるが、比較的精悍《せいかん》な顔つきをしており、眉目秀麗《びもくしゅうれい》という褒《ほ》め言葉を見事に具現化したような存在だった。全《すべ》てを受け入れるといった微笑《ほほえ》みを浮かべている一方で、自分以外の全てを蔑《さげす》む鋭い眼光を放っている。全身に纏《まと》う服装等を見ても、個性的であるが突出した特長もなく、つかみ所が無い印象が渦巻《うずま》く奇妙《きみょう》な男だった。

青年――折原臨也《おりはらいざや》は、ネットに繋《つな》がった店のパソコンが眼前にあるにも関わらず。先刻から己の携帯電話しか弄《いじ》っていない。

掌《てのひら》に収まる小さな世界から溢《あふ》れ出す情報を自分の脳内で処理しながら、青年は静かに呟いた。

「懐《なつ》かしいね。高校時代を思い出すよ」

心の声を敢《あ》えて口に出すが、当然ながら応《こた》える者はいない。

周囲の席は住居を持たない若者が月単位で借りている『宿《やど》』であり、現在その席の主はアルバイトに出払っている状況だ。

臨也《いざや》は店主と交渉して、その席を年単位で借りている。

店側とどのような交渉をしたのかは解《わか》らないが、特例として許されているらしい。

彼は得た情報から現在の状況を整理し——ゆっくりと席を立つ。

——本当に懐《なつ》かしい。

——俺《おれ》の青春時代は、シズちゃんのせいで滅茶苦茶《めちゃくちゃ》だったけどな。

——あいつさえ居なければ、もっと上手《うま》く立ち回れた。

——っていうか、高校時代の労力の半分はあいつを潰《つぶ》す為だけに使った気がする。

店員に軽く手を振り、受付を素通りして店を出る臨也。

エレベーターを使わずに、階段を一歩一歩踏みしめながら夜の街へと降りていく。

一回の出口が近づくにつれ、春先の生暖《なま》かい空気と、繁華街《はんかがい》特有の喧噪《けんそう》が臨也の体に届き始めた。青年はそうした空気を己の内に染《し》みこませながら、笑いを噛《か》み殺し切れずに、思わず口元を歪《ゆが》めてしまった。

——駄目《だめ》だな、想像するだけで笑えてくる。

——この先に、どういう風に事態が転がろうと——

——俺だけは、蚊帳の外だ。

一ヶ月前――

池袋《いけぶくろ》で起きたとある事件において、折原臨也《おりはらいざや》という存在は完全に騒動《そうどう》の外側に居た。

それが悔《くや》しくなかったかと言えば嘘《うそ》になる。

自分が人間達に置いて行かれたような感覚に囚《とら》われたからだ。

折原臨也は、人間が好きだ。

特定の誰かを愛しているというわけではない。

彼自身も人間でありながら、『人間』という存在そのものを愛している。

壮大な自己愛とも受け取れるが、彼の愛する『人間』の中に自分自身は含まれていない。

より正確に言い換えるならば、彼は『他人』を愛しているのだ。

愛する人間達を観察する絶好の機会だったというのに、彼はそれを不意にした。セルティに巨額の賞金がかけられるという事件が起きた際、彼は後手《ごて》に回ってしまったのである。

その腹いせ、と言えば聞こえは悪い。

聞こえは悪いが――彼の行動のきっかけの一つになったのは確かだった。

仲間はずれの腹いせに自転車を蹴《け》り飛ばす。そんな小者《こもの》のような感情で彼は動き始めたと言ってもいいが――折原臨也の厄介《やっかい》な所は、そんな自分自身を完全に理解しているという事だ。

自分が置かれた状況、自分の心の動きなどを完全に客観視《し》した上で――彼は、敢《あ》えて『愛すべき他人』にとって最悪の選択《せんたく》を選び取る。

折原臨也は、セルティのような異形《いぎょう》でもなければ、平和島静雄《へいわじましずお》のような怪力無双《かいりきむそう》でもない、至って普通の人間だ。

機械のように冷静沈着なわけでも、人を殺すのに何の感慨《かんがい》も抱《いだ》かないようなタイプでもない。

彼は、どこまでも人間だ。

普通の人間が持ちえる欲望や、普通の人間が勢い余って踏み越えてしまうような禁忌《きんき》。

それを全《すべ》て同時に持ち合わせているだけだ。

悪のカリスマなどではなく、ただ純粋に、自分自身が興味ある事に貪欲《どんよく》なだけの生き物。

岸谷新羅《きしたにしんら》は、高校時代にそんな臨也をこう評した事がある。

【君はあれだね。悪人よりではあるけど、完全な悪人じゃない。でも善人らしさは欠片《かけら》もない。こう、なんだ、君を一言で表すと――『反吐《へど》が出る』って感じかな。褒《ほ》め言葉だよ?】

臨也は、数少ない友人の言葉を鼻で笑ったが、その実、それが的《まと》を射た言葉だと感心した。

相手に反吐と共に様々な『本性』を吐《は》き出させ、自分にその反吐が掛からぬ位置からじっくりと観察する。

人間の本性を、じっくりと観察する。

吐き出されたモノが高潔なる信念であれ、唾棄《だき》すべき悪意であれ、臨也はそれらを等しく愛し、愛《め》でる。

どちらも、彼の愛する人間の一面なのだから。

そして彼は、今日もまた――

人間達の本性を吐《は》き出させる為に、静かに『ゲーム』を開始する。

プレイヤーは集めた。

盤《ばん》も広げた。

あとは、ダイスを振るうだけ。

「さて、可愛《かわい》い可愛い来良《らいら》学園の後輩《こうはい》達に、ひとつプレゼントといこうじゃないか」

「人間的に成長する為の、適度な危機的状況をね」


折原臨也《おりはらいざや》は考える。

――蚊帳《かや》の外、結構な事じゃないか。

――中で寝ている人間に、外の蚊《か》は潰《つぶ》せない。

――俺《おれ》はせいぜい、小うるさい羽音《はおと》を響かせるとしよう。

――ゆっくりと、じっくりと、中にいる連中が発狂するまで、絶え間なくね。

「青春時代っていうのは、スリルがないといけない」

そして、臨也は携帯電話を操作しながら歩き出す。

平和島静雄《へいわじましずお》、サイモン、生粋《きっすい》のトラブルメーカーである二人の妹達。

彼にとっての天敵《てんてき》が無数存在する池袋《いけぶくろ》。

だが、彼はそんな街の中をゆっくりと闊歩《かっぽ》する。

自分の存在を街にとけこませながら、音も無く、音も無く。

蚊帳の外の羽虫《はむし》は、夜の街に緩《ゆる》やかな毒を響かせ始めた。

そして――

臨也は最初の羽音として、一人の少年に携帯電話の着信音を響かせる。

やがて、電話の向こうから、気弱そうな少年の声が聞こえてきた。

「……やあ、久しぶりだね、竜ヶ峰《りゅうがみね》君。田中太郎《たなかたろう》君って言った方がいいかな？」

臨也はからかうような挨拶《あいさつ》をした後に、やや真剣な声色に切り替え、ある話を切り出した。

「今、チャットのログを見たよ。埼玉《さいたま》の件は、僕の耳にも少し入ってる」

「……ダラーズが、随分《ずいぶん》と変な事になってるみたいだねえ」

♂♀

5月3日　夜　園原杏里《そのはらあんり》のアパート

園原杏里《そのはらあんり》のアパートの中は、実に質素なものだった。

年頃の女子高生の部屋とは思えぬ程に整理されている。

真面目《まじめ》な女生徒ならば部屋が片付いているのが普通だろうが、彼女の部屋の場合は、度を超して整頓《せいとん》されすぎている。

生活必需品《ひつじゅひん》以外の一切合切《いっさいがっさい》が存在せず、趣味で読むような本も置かれていない。

申し訳程度にテレビとラジオが置かれており、机には学校の教科書などが積まれている。

生活感だけは存在するが、部屋の主がどのような人間なのか全く想像させない部屋。

園原杏里とは、つまりそうした類《たぐい》の部屋を作り出す人間だった。


パソコンすら存在しない部屋の中、寝間着《ねまき》姿になった少女は、静かに携帯電話の画面を見つめている。

画面に映っているのは、時々アクセスするチャットルーム。

セットンに誘《さそ》われて入った、甘楽《かんら》というハンドルネームの女性（?）が管理している場所だ。

実際に甘楽が女性だという明言はされていないのだが、ネットや人間関係に疎《うと》い杏里には、そもそも『ネカマ《女のフリ》』という概念《がいねん》自体が存在していない。

——今日は、セルティさん……来なかった。

——緊張《きんちょう》した……。

セットンというハンドルネームで参加している首無し騎士《きし》の事を思い出し、杏里は大きく息を吐《は》く。

セットン＝セルティと知っているのは、あのチャットで自分の他に存在するのだろうか？

そんな疑問も浮かぶには浮かぶが、そこから先の考えには発展しない。

あのチャットは、見ているだけで楽しい。

だが、唯一の現実での知り合いであるセルティがいない事で、今日は必要以上に緊張した気がする。

今まではネットカフェなどから参加していた杏里だったが、最近、セルティに携帯電話から参加する方法を教えて貰《もら》い、慣れぬ手つきで必死に文字を打ちこんで参加している状況だ。

友人の少ない彼女にとって、そのチャットは数少ないコミュニケーションの場でもあった。

学校での会話とは違う人との触《ふ》れ合いに、彼女は戸惑《とまど》いつつも徐々《じょじょ》にその世界に足を踏み入れる。

だが、やはりセットンというハンドルネームの無い状態だと少し恐い。

自分がどうしようもなく弱い人間なのだと再確認し、杏里は溜息《ためいき》混じりにネット画面を閉じ、充電用のクレードルに携帯電話を押し嵌《は》めた。

今日はもう寝よう。

そう思って、電気の紐《ひも》に手をかけた瞬間《しゅんかん》——

玄関《げんかん》のチャイムが、夜の部屋に不気味《ぶきみ》に響き渡った。


ぞくり、と、杏里《あんり》の背中に嫌《いや》な感覚が走る。

現在は夜の11時。

普通ならば、このチャイムを不気味と思わない人間もいるだろう。

だが、杏里にはこの時間に訪ねてくる友人に心当たりなどない。

不気味に思いつつも、杏里はそのチャイムを無視する事もできず、玄関にゆっくりと顔を寄せる。

覗《のぞ》き窓から外を見つめるが、人の姿は見あたらない。

「……？」

そして、彼女はやってはならない事をした。

ドアにチェーンが掛かっている事に安心して、ゆっくりと鍵を開いてしまったのだ。

開かれた扉《とびら》から外の様子を覗こうとした瞬間——

隙間《すきま》から挟《はさ》み込まれた巨大な植木鋏が、勢いよくドアのチェーンを挟みきる。

バチン、と、音が聞こえた時にはもう遅い。

扉は勢い良く開かれ、その向こう側から——一人の女が現れた。

——え？


何が起こったのか、即座に理解できない。

ただ、目の前に現れた女の姿だけが、眼鏡《めがね》を通してくっきりと視界の中に浮かび上がる。

薄手《うすで》の服から覗くボディーラインは、見た瞬間に女性のものだと理解できた。

しかし、顔立ちは解《わか》らない。

相手は目出し帽《ぼう》の上からスキーのゴーグルを装着しており、頭部を完全に隠《かく》している状態だ。

「ひっ……」

杏里は悲鳴を上げようとしたのだが——それよりも先に、彼女の喉《のど》を挟み込む形で植木鋏《ばさみ》が突きつけられた。

「静かに。殺しません。安心です」

目出し帽から紡《つむ》がれたのは、イントネーションは正しいが、微妙《びみょう》な違和感のある日本語。

「貴方《あなた》、数日、動けなくなる。数ヶ月の可能性、あります」

女は感情の無い声で淡々と呟《つぶや》き——

「でも、死ぬ必要はないのです」

「え……」

「急所外します。救急車を呼んであげます」

「あ、あの……」

「貴方《あなた》、幸せです」

そう呟《つぶや》いた直後、女は瞬間《しゅんかん》的に両手に持った植木鋏《ばさみ》を引き——杏里《あんり》の柔《やわ》らかい脇腹《わきばら》めがけ、思い切り突き込んだ。

♂♀

数秒前　トラックの運転席

——まったく、こんな女の子一人を痛めつけるなんて、そこらのチンピラにでも頼めばいいだろうに。わざわざ俺《おれ》達にやらせる意味があるのかね？

トラックの運転席に座りながら、ターゲットの少女の写真を眺《なが》めるスローン。

——まあ、そこらへんのチンピラじゃやり過ぎて殺すかもしれないし、男にやらせたんじゃ別の所まで傷物にされちまうかもしれないから……ヴァローナにやらせたのは正解かもな。

そんな事を考えながら、エンジンが駆《か》けられ続けたトラックの上で怠惰《たいだ》な時を過ごしていたのだが――


彼の聴覚に、トラックのエンジン音に混じって妙《みょう》な音が反響した。


「……？　今、なんか聞こえたな」

遠くから響いたその音を、最初はそのまま聞き流そうとした。

だが、妙に気になって仕方がなかった。

何故《なぜ》なら、今しがた聞こえた音は、この東京の町中《まちなか》では滅多《めった》に聞けぬものだと理解していたからだ。

――今の音は……。

そして、再び同じ音が彼の鼓膜《こまく》を震《ふる》わせる。

――やっぱりだ。

自分の聞き間違いではなかった事を確信し、より強い疑問が心の中に浮かびあがった。

――なんで、こんな町中で馬が鳴いてるんだ？

彼の耳に届いたのは、雄々《おお》しくも不気味《ぶきみ》な馬の嘶《いなな》き。

競馬場や厩舎《きゅうしゃ》でも側《そば》にあるのだろうか？

そう判断しようとしたのだが、やはりこの都会の真ん中で聞くには少々気になる。

ここがアメリカのニューヨークならば、警察が使用している馬のものだと推測する事もできただろう。だが、東京の池袋《いけぶくろ》でそんな話は聞いた事が無い。

何より——その馬の嘶《いなな》きは、それまでスローンが聞いた中で、もっとも不気味《ぶきみ》で、もっとも強い『感情』の籠《こ》められた嘶きだった。

——なんだ？

——これは本当に、馬の鳴き声なのか？

疑問が不安に入れ替わり始めた瞬間《しゅんかん》、彼は気付く。

気付いてしまう。

その音が、徐々《じょじょ》にこちらへと近づいてくるという事に。

——……？

背中にうっすらと汗《あせ》が滲《にじ》む。

彼の脳内に、警報音が響き渡る。

普段ならば「まあ、どうでもいいか」と流すような疑問かもしれない。

だが、武器商人であるリンギーリンの元で培《つちか》ってきた数々の経験が、彼の本能に警報を鳴らしている。

リンギーリンが元スペッツナズの警備会社に喧嘩《けんか》を売った時と同じような緊張感《きんちょう》を覚える。

――なんだ……？　なにがここに来るんだ？

スローンは唾《つば》を飲み込み、緊張しながらバックミラーを覗《のぞ》き込む。

彼がそこで見たモノは――


夜の闇《やみ》の中において、なおも暗く染まった一台のバイク。

そして、その背に跨《またが》る、巨大な黒鎌《かま》を携《たずさ》えた異形《いぎょう》の姿だった。

♂♀

同時刻　杏里《あんり》のアパート　玄関《げんかん》

馬の嘶きが、徐々にこちらに近づいてくる。

ヴァローナもその嘶きに妙《みょう》な違和感を感じていたが、それは別の音によって吹き飛ばされる結果となった。


金属音。

彼女の突きだした鋏《はさみ》は、少女の脇腹《わきばら》を適度に抉《えぐ》り、確実に入院するコースの怪我《けが》を負わせる筈《はず》だった。

だが、ヴァローナの手に響いた感触《かんしょく》は、柔らかい少女の肉を貫くものではなく――

鉄パイプを挟《はさ》み込んだような、金属の堅さが響く嫌《いや》な感触《かんしょく》だった。

「……Что《えっ》?」

呆《ほう》けたように開かれた口から、思わずロシア語が漏《も》れ出した。

彼女が改めて視線を向けると――脇腹に届く直前に、その鋏の刃《は》が別の白刃《はくじん》によって受け止められている。

――Японский《日本》 Меч《刀》?

長く、そして滑《なめ》らかな刃《やいば》。

僅《わず》かに反《そ》った刀身が生み出す曲線は、自然界の水滴《すいてき》の表面を思わせる。

――これは……何?

少女が日本刀を隠《かく》し持っていて、それを取り出して今の一撃《いちげき》を受け止めた。

それも些《いささ》か非常識な結論ではあるが、普通ならばそう考える事だろう。

だが、ヴァローナの目に映るのは、更《さら》に不気味《ぶきみ》な一つの事実。

「あの……ごめんなさい」

杏里《あんり》という名のターゲットは、腕から直接日本刀の刃を生やしながら、戸惑《とまど》うように問いかける。

「私は貴方《あなた》の事を知りません……。人違いじゃないでしょうか……？」

♂♀

園原《そのはら》杏里は、普通の人間だった。

ほんの、５年程《ほど》前までは。

彼女もまた、セルティ・ストゥルルソンという『異形《いぎょう》』に連《つら》なる様々な運命の中で、自らの中に『異形』を宿す事となった。

新羅《しんら》の父親、岸谷森厳《きしたにしんげん》がデュラハンの首と体の魂《たましい》を切り放す為に用いた、一振《ひとふ》りの妖刀《ようとう》。

単純に言ってしまえば、それは『妖刀』としか形容できぬ存在だった。

『罪歌《さいか》』と名付けられたその妖刀は、用済みとなった森厳の手により、杏里の父親が経営する古物商《こぶつしょう》に売り渡され――様々な経緯《けいい》を経て、杏里は両親を失い、入れ替わりに妖刀を己の体の内に宿す事となった。

両親が死んだのは、妖刀《ようとう》のせいではない。

寧《むし》ろ、妖刀が無ければ父親の暴力によって自分と母親が死んでいただろう。

どのみち母親が死ぬ事になっていたのだと思うとなんとも言えぬ気持ちなるが、杏里《あんり》は自分が生きているという事実と共に、その妖刀の存在を受け入れた。


杏里は考える。

この妖刀に、時代劇の人斬《ぎ》り話にあるように、完全に自分の意識を乗っ取られたのならば、まだ楽だったのかもしれないと。

あるいは、漫画などに出てくるような、気軽に話しかけてくるお喋《しゃべ》り相手のような刀《かたな》だとすれば、どれだけ嬉《うれ》しかった事だろうと。

しかし、彼女の心に根を下ろした罪歌《さいか》は、実に性質《たち》の悪い呪《システ》いムだった。

『罪歌』の望みはただ一つ。

人を愛する。

人類そのものと愛し合う。

それだけの事だった。

だが、『罪歌』にとっての愛とは、相手と一つになる事だった。

人類そのものと、一つになる事だった。

自分の呪《のろ》いを、地上に生きる全《すべ》ての人間に染《し》みこませ、愛の言葉で埋《う》め尽くし、世界を自分と人間との意識を融合《ゆうごう》させた『娘《むすめ》』達で埋め尽くす。

それが、罪歌というシステムが望む全《すべ》て。

だが、その呪いは、杏里の手で一時押さえつけられる。

自分を取り巻く景色を常に『額縁《がくぶち》の向こう』として捉《とら》えていた杏里にとっては、罪歌の壮絶な『愛の言葉《狂った呪い》』すらも、遠くの風景の一つに過ぎなかった。

父親から愛されず、母の愛を感じた瞬間《しゅんかん》には、母は『罪歌』で自らの腹を切り裂《さ》いていた。

そんな彼女が、人を愛し続ける罪歌に抱《いだ》くのは——莫大《ばくだい》な不安と、一抹《いちまつ》の友情。そして、圧倒的なうらやましさだった。

——この子は……罪歌は、誰かを、何かをこんなにも愛せるんだ。

——幸せそうだ。

自分がそんな事を考えている事に気付き、杏里は誰に対してでもない、何か途方《とほう》もないものへの罪悪感を感じてしまう。

一方の罪歌は、そんな杏里を救おうとはしない。

宿主《やどぬし》である杏里自身を斬《き》るわけにもいかないので、杏里だけは罪歌の『愛』の対象外だ。

杏里は罪歌に憧《あこが》れ、罪歌は杏里に押さえつけられながらも利用する。

共生関係ではなく、互いに寄生する関係。

ただ一つ、罪歌《さいか》から杏里《あんり》に対して提供《ていきょう》するものがあるとすれば——

罪歌の意識に刻みつけられた、実に多くの『経験』だった。

♂♀

植木鋏《ばさみ》を突きつけられた瞬間《しゅんかん》——

気付けば、杏里は僅《わず》かに体を捻《ひね》りながら、女との距離を空《あ》けていた。

『罪歌』に染《し》みついた闘いの記憶《きおく》が、杏里の体の中に染みこんでくる。

杏里はそれを無意識のうちに利用し、自分のか弱い筋肉を最も効率よく動かしたのだ。

「私は貴方《あなた》の事を知りません……。人違いじゃないでしょうか……?」

そう呟《つぶや》きながら、杏里の脳髄《のうずい》は、自分を取り巻く現状を『額縁《がくぶち》の向こう側』に追いやった。

何処《どこ》か遠くの風景として受け止められる、目の前の景色。

実際、顔を隠《かく》した女性に、両手で扱うような植木鋏で襲《おそ》われるなど——杏里でなくとも現実感を喪失《そうしつ》してしまうかもしれない。

杏里は、できる事ならば穏便《おんびん》に済ませたいと、本当に人違いである事を祈《いの》りつつ——破けた寝間着《ねまき》の間から生えた刃《やいば》を、意図的に掌《てのひら》の方角へと移動させる。

白い肌《はだ》の海を泳ぐ鮫《さめ》の背びれのように、日本刀の切っ先が杏里《あんり》の腕《うで》を滑《すべ》り落ち、手の中でその身を撥《は》ねさせた。そして、まともな日本刀の形となって現れた『罪歌《さいか》』は、彼女の掌《てのひら》の中に綺麗《きれい》な形で収まった。

「あの……強盗《ごうとう》なら……うちにお金なんてありませんから……帰って下さい」

その光景を目の前で見ていたヴァローナは、口を閉ざし、少女の体を瞬間《しゅんかん》的に観察する。

すると、ターゲットの目が、ぼんやりと赤く揺らめくのが確認できた。

まるで、眼球全体が赤い発光体でできているかのように。

ジョン・カーペンター監督《かんとく》がリメイクした映画『Village of the Damned』は、日本では『光る眼《め》』というタイトルで知られている。つい先日《せんじつ》本で読んだ知識が彼女の頭の中に木霊《こだま》するが、当然ながら目の前の状況を理解する手助けになどなりはしなかった。

——なんだろう。

ヴァローナの脳内が、疑問符に埋《う》め尽くされる。

——目の前の子は、何?

それでも、体は勝手に動く。

彼女は体を捻《ひね》りながら日本刀の攻撃《こうげき》範囲の更《さら》に内側に体を滑《すべ》りこませ、肘《ひじ》を回転させながら相手の顎《あご》へと叩《たた》き込もうとした。

だが――

ゾワリ
と、彼女の全身に寒気《さむけ》が走る。

――あ、私、死ぬ。

瞬間的に、そんな言葉が頭の中を走り抜けた。

肘《ひじ》による打撃《だげき》を諦《あきら》め、背後に大きく飛びすさるヴァローナ。

ほぼ同時に、自分の鼻先を白刃《はくじん》の煌《きら》めきが通り抜けた。

通り過ぎた位置と速度からして、殺すつもりの無い斬撃《ざんげき》だろう。

切るというよりも、傷つける為の斬撃。

――切られると……どうなる？

目の前の刀が、あり得ない登場の仕方をしたというのは理解できる。

そんな不気味《ぶきみ》な刃《やいば》である事も合わせて考えると、この刃に触れる事自体が危険であると判断するべきだろう。

――この子は、何？

――人間……？

自分の知識とも経験とも一致しない、未知の存在。

それが目の前にいる事に対し、ヴァローナの中に複雑な感情が湧《わ》き起こる。

――……何か、熱《あつ》い。

――覚えがある。

――これは……あの時の……。

己の中に湧《わ》き上がる感覚が、かつて初めて人を殺した時の――まさに人間の命を奪う直前に感じていたものに近いと気付き、ヴァローナは更《さら》に相手との距離を取る。

――今の私は、冷静じゃない。

客観的に自分を見て、強制的に心を冷やそうとするヴァローナだったが――

そんな彼女の耳に、トラックからの派手《はで》なクラクションが飛び込んできた。

――!?

見ると、アパートの横に止められた自分達のトラックが、激しくライトを点滅させてヴァローナに合図を送っている。

――緊急事態《きんきゅう》。

即座に心を凍《こお》らせ、ヴァローナは目の前のターゲットに一言《ひとこと》だけ告げる。

「貴方《あなた》、不思議。奇妙《きみょう》です」

「……」

「私、再び現れます。よろしくお願いします」

背中から斬《き》られては堪《たま》らぬとばかりに、少女に対しても警戒《けいかい》を向けたままトラックに走るヴァローナ。

どうやら後ろから追ってくる事は無いようだが、その事に安堵《あんど》する間もなく、彼女の耳に新たな異常が響き渡る。

馬の嘶《いなな》き。

トラックの後方、至極《しごく》近い距離から聞こえるその咆吼《ほうこう》に、ヴァローナは底知れぬ不気味《ぶきみ》さを感じ取る。

だが、決して感情を揺さぶられる事なく、運転席の横を通る際、『出せ』と短く合図する。

タイヤとアスファルトが擦《こす》られ、膨大《ぼうだい》な質量が勢いよく前進する。

ヴァローナはその荷台に飛び移りながら、背後に迫る『異常』を確認し——

迫っていたモノが『異常』ではなく『異形《いぎょう》』であると理解した。

ヘッドライトの無い漆黒《しっこく》のバイクが、緩《ゆる》やかな速度でこちらに向かって来る。

猛《もう》スピードというわけではない。

何かを確かめるように、ゆっくりと、ゆっくりと。

間違いなく、先刻ヴァローナが首を刎《は》ねたあのライダーだ。

それは、即座に確認する事ができた。

漆黒《しっこく》のバイクという特徴より何より——

バイクの背に跨《また》がる人間には——首から上が存在していなかったのだから。

——……？

恐怖よりも、女の頭には疑問が浮かぶ。

立て続けに『怪異《かいい》』を見たせいもあり、自分が何処《どこ》かで幻覚剤のようなものでも飲まされてしまったのではないかと。

続いて、これが夢である可能性を考えるが——余りにも現実感が強すぎる、、、。

——どちらにせよ、危険だ。

夢かもしれないから、動く必要はない。

とてもそんな事を考えられる状況ではなかった。

ヴァローナはトラックの後部の角《かど》に飛び乗ったまま、手動で器用に扉《とびら》を開く。

——？

同時に、彼女は妙《みょう》な事に気が付いた。

この瞬間《しゅんかん》まで気付かなかったが、何か細い糸のようなものが、トラックの扉の隙間《すきま》から内部に入り込んでいるという事に。

糸はトラックの中の、先刻まで乗り回していたバイクの後部へと続いている。

そして、そのバイクが扉の中から外に見える形となった瞬間《しゅんかん》――

馬の嘶《いなな》きが一層強く響き渡り、バイクが勢いよく加速する。

――！

――あの嘶き、バイクから……！

一つの事実に気付いたヴァローナは、そこで初めて黒バイクの異常に気付く。

先刻は、自らのバイクの排気音《はいきおん》があった為に気が付かなかった。

そのバイクからは――馬の嘶き以外、一切のエンジン音を響かせていないという事に。

――危険！

園原杏里《そのはらあんり》のアパートの前の通りは、池袋《いけぶくろ》でも特に閑散《かんさん》とした場所で、他の車や通行人は殆《ほとん》ど見うけられない。

しかし、それもこの先の信号に辿《たど》り着くまでだ。

そこから先は東京の都心らしい、車が我が物顔で闊歩《かっぽ》する交通網が待ちかまえている。

トラックの重量で他の車を押しのけながら走行するなどという事ができたとしても、恐らく100メートルと進まぬ間に追いつかれてしまう事だろう。

――危険！　危険！　危険！　危険！　危険！

ヴァローナの判断は途轍《とてつ》もなく大胆《だいたん》であり、尚《なお》かつ、その行動は迅速《じんそく》だった。

トラックの内部に転がり込むと同時に、入口近くに置かれた『何か』に覆《おお》い被《かぶ》さったカバーを勢いよく取り払った。

　黒バイクはその間にも加速し、トラックの後部にジワリジワリと追いすがる。

　だが、カバーの下から現れた物を見て、バイクは一瞬《いっしゅん》その速度を落としこんだ。


　カバーの下に存在したものは――攻撃《こうげき》的なフォルムをした、黒光りする金属だった。

　50口径《こうけい》の弾丸《だんがん》を使用する、対物用狙撃《そげき》ライフルだ。

　本来、戦車やヘリコプターを狙撃する為に作られた銃《じゅう》であり、使用する弾丸にもよるが、その威力は1kmから2km先の戦車の装甲《そうこう》を軽く貫通すると言われている。

　本来は、万が一パトカーやヘリに追われた時の為に用意していたものだが――まさか、こんな形で使う事になるとは想定していなかった。

　ヴァローナは右膝《ひざ》をつき、その銃を担《かつ》ぎ上げ、台尻《だいじり》を己の右肩《かた》へと押し当てる。

　10kgを超える重量だが、手慣れているのか、ふらつく事なく射撃《しゃげき》体勢へと移行した。

　ちなみに、50口径の弾丸で人体を撃《う》つことは国際条約で自粛《じしゅく》を求められている。ヴァローナは何かの書物でそんな知識を得た事があるし、リンギーリンにも『赤い水《みず》風船みたいになるから、これで人撃っちゃだめだぞ。掃除《そうじ》が大変だから』と言われた記憶《きおく》がある。

　だが、ヴァローナは首から上が無い状態で走るライダーを人間とは判断しなかった。

　それでも直接ライダーの胴体《どうたい》を狙《ねら》おうとしないのは、彼女の中にも躊躇《ためら》いがあったからか、はたまたバイクの方が狙いやすかったからなのか――

ともあれ、ヴァローナはかつて装甲車を破壊した時と同じ感覚で――狙いを黒ライダーの駆《か》るバイクの車体に合わせ、迷う事無くトリガーを引き絞《しぼ》る。


轟音《ごうおん》。


大砲《たいほう》のような音が池袋《いけぶくろ》の街に響き渡り、外を歩いていた通行人達は、あまりの轟音に耳を塞《ふさ》ぎ、音源が特定できずにいた。

数秒遅れて、消えていた周囲のアパートなどの灯《あか》りが一斉《いっせい》に点《つ》き、何事かと住民達が窓を開け広げて周囲を見渡し始める。

一方――トラックの荷台にいたヴァローナは、背後の状況が見えずにいた。

対物ライフルから排出《はいしゅつ》された大量の煙が、彼女の視界を丸ごと包み込んだのだ。

トラックの走行による風によってすぐに掻《か》き消されたものの、ほんの数秒だけ彼女の視界は途《と》切《ぎ》れていたのだが――

煙が晴れると、背後にいた筈《はず》の黒バイクの姿は見あたらない。

その上――バイクの残骸《ざんがい》も見あたらなかった。

特殊な機構もあり、見た目と威力程《ほど》に大きい反動ではないのだが――状況や立場的にも、流《さす》石《が》に連射をする気にはなれず、銃《じゅう》を置いて周囲に警戒《けいかい》の視線を送る。

そして、荷台にある自分のバイクの後部から、未だに黒い糸が延びているのを確認すると
――彼女は迷うことなくバイクの後部に植木鋏《ばさみ》を延ばし、その黒い糸を切ろうとした。

だが、糸は想像以上に頑丈《がんじょう》なようで、中々断ち切る事ができない。

「スローン。黒バイクは、どうなりましたか」

『解《わか》らない。消えたとしか言えないが、少なくともバックミラーには映っていないよ。っていうか、アレを使ったのか、ヴァローナ』

「肯定《こうてい》です。非常事態でした」

そうこうしている間にトラックが停車する。

どうやら、大通りに繋《つな》がる信号に辿《たど》り着いたようだ。

ヴァローナはすぐにトラックの扉《とびら》を閉め始め、丁度《ちょうど》信号が青になると同時に交差点から大通りへと合流する形となった。


彼女はほんの数秒思案し、無表情のまま糸を手繰《たぐ》り、それがバイクの後部全体に絡《から》みついているのを確認すると、無線機越しにスローンへと指示を出す。

「近くに、廃工場があった筈《はず》です。そこに向かって下さい」

『？　どうするんだ？』

「バイク、マーキングされました。廃棄《はいき》します」

更《さら》に数秒思案し、彼女は父親譲《ゆず》りの無表情で呟《つぶや》いた。

「あるいは、待ち伏せの罠《わな》に使えるかもしれません」

♂♀

杏里《あんり》のアパート前

「セルティさんっ……！」

突然響き渡った轟音《ごうおん》に、杏里は思わず駆《か》け出した。

先刻の襲撃《しゅうげき》に対する混乱は続いていたが、更に彼女を驚かせたのは、襲撃者を荷台の角に捕まらせたまま発進したトラックを、顔なじみである『異形《いぎょう》』が追いかけていたからだ。

その僅《わず》か数秒後に大砲《たいほう》を思わせる轟音が響き渡ったのである。

もしやセルティの身に何かあったのではと、杏里は自分の危険も顧《かえり》みずに道路に飛び出したのだが――。

『危ないよ』

彼女の眼《め》に飛び込んできたのは、そう文字が打ち込まれたＰＤＡ。

そして、彼女は横から延びた手に掴《つか》まれ、即座にアパートの方へと引き戻される。

慌《あわ》てて杏里《あんり》が視線を向けると、そこには首から上がないライダースーツの姿が。

「セルティさん！　……え？」

確かにセルティはトラックを追って行った筈《はず》なのに、何故《なぜ》この場にいるのだろうか。

杏里が首を傾げていると、セルティは肩《かた》を竦《すく》めながら新たな文字を打ち込んだ。

『いや……なんか……撃《う》たれそうになって……。物凄《すご》く分厚く影の壁を作ってガードしたんだけど、それでもここまで押し戻された……っていうか……吹き飛ばされたっていうか……うん……流石《さすが》に危なかった……と思う。シューターが……粉々になる所だった』

自分でもまだ整理がついていないのか、『……』を多用した文章を綴《つづ》るセルティ。

見ると、セルティの背後ではバイクが停車しており、セルティの手の中には歪《いびつ》にひしゃげた金属の塊《かたまり》が握《にぎ》られていた。恐らくは、これがセルティに向けて発射された弾丸《だんがん》だろう。

『また追いかけようとも思ったけど、町中《まちなか》であんな銃《じゅう》をぶっ放す連中だろ？　下手《へた》に刺激したら街の人達にも迷惑《めいわく》がかかると思って……』

「銃って……そんな……」

『杏里ちゃんは、なんであいつらに？』

「それが……私も何がなんだか……」

不安に満ちた表情を浮かべる杏里。

「また、ここに来るんでしょうか」

そんな彼女を安心させるように、セルティは自分の胸をドンと叩《たた》く。

『大丈夫《だいじょうぶ》、今日はセキュリティがしっかりしてるうちのマンションに泊まるといいよ』

「で、でも……」

戸惑《とまど》う杏里に対し、セルティは顔のあるべき場所の前で手を左右に振って見せる。

相手を安心させる為のジェスチャーだったが、首がない為に不気味《ぶきみ》な事この上ない。

『気にしない気にしない。前にも泊まった事あるんだから！　うちなんて無駄《むだ》に広いだけなんだからさ、お互いにあいつらへの対策を考えた方がいいしね！』

そんな事を呟《つぶや》くセルティに、杏里は他に断る理由を無くしてしまい、「ありがとう……ございます……」と呟き、首無し娘《むすめ》の好意に甘《あま》える事にした。

一方、セルティはハタと自分の肩《かた》の上に手をやり、しまったというように問いかける。

『ところで、お面《めん》とかヘルメットとか無いかな』

「えっ」

『ヘルメット、うっかり道路に起きっぱなしにしちゃって……取りに戻ろうと見たら、ヘルメットだけダンプに轢《ひ》かれてぐしゃぐしゃに……。スペア、家に帰らないと無くってさ』

割と切実な調子で言うセルティに、杏里は少しだけ考え込み――

「あの……前に私に作ってくれたみたいに、影で黒いヘルメットを作ればいいんじゃ……」

刹那《せつな》——沈黙《ちんもく》が、二人の間を包み込む。

10秒ほど経《た》ったところで、セルティは照れるように上半身を背《そむ》け、影で丸いヘルメットを作りながらPDAを差し出した。

『その手があった……』

♂♀

こうして、ゴールデンウィークの初日は終わりを告げる。

それぞれの存在がそれぞれの非日常を抱《かか》え、互いの事件の存在にすら気付かぬまま。

夜は過ぎ去り、朝は等しく訪れる。

日常を過ごしていた時と全く変わらぬ日差しを浴びせながら——

太陽は、池袋《いけぶくろ》の街で起こる異変を眺《なが》め始めた。

5月4日　朝　帝人《みかど》のアパート

♂♀

——結局、ろくに眠《ねむ》れなかった……。

パソコンデスク用の椅子《いす》にもたれかかりながら、疲れ切った顔を両手で覆《おお》う。

昨晩《さくばん》のチャットで、『ダラーズが埼玉《さいたま》で暴れている』という話を聞いてから、帝人は情報収集に追われていた。

別に誰かに強制されたわけでも、帝人の義務でもないのだが——帝人は、自分がそうしなければならないという考えに囚《とら》われていた。

『ダラーズ』創始者の一人である帝人にとって、ダラーズは既《すで》に自分の体の一部のような存在だった。

決して生きていく為に必要なわけではない。

だが、携帯電話やインターネットと同じように、一度生活に組み込んでしまえば、それを断ち切る事は難しい。帝人に取って、ダラーズとはそんな存在だった。

それに加え、ダラーズの人数は昔ほどの増加率ではないものの、未だに人数が増えているような気がする。もはや帝人《みかど》にも正確な人数は解《わか》らない程《ほど》だ。

だからこそ、暴走が恐いという思いは常々存在していた。

かつて、ダラーズのHPを一度閉鎖《へいさ》した事がある。

最初に仲間内で作った時、ジョークで『ダラーズの新規メンバーは、今まで行った一番の悪事を告白する事』という規約を作り、新規登録者ページを作った事がある。

今はそのページ自体が存在しないが、消した理由は二つある。

一つは、悪事を告白するコメント欄《らん》を利用して、そのページをチャットのように扱ったり、酷《ひど》い時は余所《よそ》の掲示板《けいじばん》を経由して、違法ファイルのアドレスなどを貼《は》る者や、ゲームの改造方法を貼る者などが現れて本来の機能が失われたからだ。

もう一つは——最初はジョークとして機能する筈《はず》だった『悪事の告白』という項目自体が、徐々《じょじょ》に洒落《しゃれ》にならなくなっていったからだ。

最初はつまみ食いだの犬に眉毛《まゆげ》を描いただのという話で収まっていたが、徐々に内容がエスカレートし、万引きや暴力だのという言葉が出始めた。

更《さら》には、他者の悪事の程度が低いと蔑《さげす》んで、より重大な悪事を自慢《じまん》する者が現れ始め——『ダラーズに入る為に、生まれて初めて万引きをしました』という書き込みを見かけた時点で、帝人は閉鎖を決めた。

ダラーズは、あくまでも楽しむ為に作ったのだ。

本当に世の中を壊《こわ》そうとしたり、社会のモラルの低下を望んだり、無法者を気取りたくて創設したわけではない。

だからこそ、今回の暴走も、止められるものならば止めなければならない。

果たして、止める事などできるのかは解らないが、詳《くわ》しく知ろうとすらしないのは、創設者の一人として責任逃れというものだろう。


少なくとも、自分ではそう考えていた。

数時間前――

折原臨也《おりはらいざや》からの電話を受け取るまでは。

♂♀

「もしもし、竜ケ峰《りゅうがみね》です」

『……やあ、久しぶりだね、竜ケ峰君。田中太郎《たなかたろう》君って言った方がいいかな？』

「甘楽《かんら》さん、電話ではお久しぶりです」

『今、チャットのログを見たよ。埼玉《さいたま》の件は、僕の耳にも少し入ってる。……ダラーズが、随分《ずいぶん》と変な事になってるみたいだねぇ』

「……ええ、僕も今、それを調べていた所です」

『で、どこまで解《わか》った？』

「多分……ダラーズの新規参加者が、勝手にやってるんだと思います」

『うん。そうだろうねえ。で、どうするの？』

「なんとかして止めさせたいんですけど……」

『なんで？』

「えっ……」

『ダラーズのルールに「余所《よそ》の県に行って喧嘩《けんか》を売ってはいけない」なんていうのは無かったろ？　別に今更《いまさら》、そんな護《まも》りに入る必要なんてないよね？』

「でも……」

『それとも、この前の黄巾賊《こうきんぞく》の件で、カラーギャングごっこには懲《こ》りたのかな？　かつての親友との間に溝《みぞ》を作ってしまったって聞いてるよ？』

「そんな事はありません。正臣《まさおみ》は、今でも友達です」

『向こうもそう思ってくれてるといいねえ』

「……なんですか、妙《みょう》に絡《から》みますね」

『いやいや、青春時代を謳歌《おうか》してる後輩《こうはい》達の若さに嫉妬《しっと》してるだけだよ。なんせ僕にはそういう友達はいなかったからねえ。腐《くさ》れ縁《えん》の変態が一人と、忌々《いまいま》しい暴力バカがいただけさ』

「……」

『まあ、話を戻すよ』

「はい」

『創始者である君が望もうと望むまいと、ダラーズはもう実態と共にある程度の力を持っているんだよ。そんな中で、周りを食って自分達の所属するダラーズの名を売りたい……そうすればそこに所属する自分自身の格があがるに違いない……なんて事を考える連中だって湧《わ》いてくるわけだよ』

「……それは、解ります」

『大丈夫《だいじょうぶ》だよ。ダラーズは横の繋《つな》がりが希薄《きはく》だからね、仮にその揉《も》めた連中が埼玉《さいたま》の連中に報復されたとしても、君はただ黙《だま》っているだけでやりすごせる。ダラーズっていうのはそういうチームだろ？　助けたい奴《やつ》は助けて、面倒《めんどう》だと思う奴はダラダラしてればいい。自由、そう、自由って奴さ』

「……そんな事を言う為に電話したんですか？」

『ああ、いやいや。そうじゃないよ。埼玉の件で思い出したんだけどねえ。先月君達、暴走族に襲《おそ》われて大変だったんだって？』

「あ、はい。セルティさんや門田《かどた》さん達のおかげでなんとか無事でしたけど……」

『その時のチームの一つが、その、ダラーズに埼玉でやられた連中なんだってさ』

「えっ……」

『そこのリーダーは、とにかく女に眼《め》がない奴《やつ》でねえ……。それでいて、すぐに暴力を振るう、、、、、、、、、、ような奴なんだ。人を蹴《け》り倒した後に、平気で顔面の上で飛び跳《は》ねたりね』

「危ない人なんですね……」

『YES。だからねー、夜は女の子連れで出歩かない方がいいよー？　ほら、君の友達の杏里《あんり》ちゃんとか、ちゃんと気を遣《つか》ってあげた方がいいんじゃないかな』

「……園原《そのはら》さんは、関係無いですよ」

『どうかな？　例えば、仮に君がダラーズの一員であると知られて、君が好意を寄せている女性がいると知ったら……？　相手が一般人を巻き込まないような人間だって保証なんかない。報復に来てるわけだからね彼らは』

「……」

『大体、君だって何度かダラーズを利用しているんだ。矢霧《やぎり》製薬と揉《も》めた時とかね。それなのに今更《いまさら》【悪い事は止《や》めて】じゃ筋《すじ》が通らないだろ？』

「……じゃあ、どうしろっていうんですか？」

『人に聞く前に自分の考えを持ったらどうだい』

「僕の考えは『なんとかしたい』ですよ。さっきから言ってるでしょう」

『アハハ。流石《さすが》に丸め込まれないか。とにかく、杏里ちゃんを巻き込みたくないなら、そして自分自身も巻き込まれたくないなら、ダラーズの事は忘れるんだ。綺麗《きれい》さっぱりね。ほとぼりが冷めるまででも構わないよ？』

「でも……」

『例えば、だ。本当に君が君の意思で、ダラーズが抗争するのを止《や》めたいって言うのなら……あるいは、ダラーズが無軌道《むきどう》に人を襲《おそ》ったりするのを止めたいって言うんなら……仮にそれが実行できたとした場合、それはもうダラーズじゃないんだよ。君一人の意思で全体を動かす事ができるなら、それはもう別の何かだ……っていうのは、言わなくても解《わか》るよな？』

「それは、解ります」

『ダラーズっていうのは、カラーギャングとかそういうのよりももっと大きな括《くく》りだと思ってるよ、俺《おれ》は。国とか民族っていうのは言い過ぎだけど……。まあ、いろんな考え方をする奴がいるって事さ。いい奴もいれば悪い奴もいる。ただ、その集団全体を外から見た時にどう思われるかは解らない。外側の人達が眼にするのが、いいダラーズなのか悪いダラーズか……そんなの、結局選べないいんだからね』

「……」

『ごめんね、さっきから俺ばっかり喋《しゃべ》っちゃって。鬱陶《うっとう》しかったかな？』

「あ、いえ。その……ありがとうございます。色々と」

『……』

「……どうしたんですか？」

『帝人《みかど》君さ』

「はい？」

『少し、わくわくしてない？』

「……はい？」

『いや、今、君が電話の向こうでどんな顔をしているのか想像してみたんだけどね』

「何を馬鹿な事を言ってるんですか」

『だって、君の大好きな非日常だろう？』

「非日常ならなんでもいいってわけじゃないですよ」

『本当にそうかな？』

「そうに決まってるじゃないですか……」

『君がダラーズのサイトを一度閉鎖《へいさ》した時、君は参加登録のページが荒れた事や、登録に必要な「悪事の告白」がエスカレートしてきたからだって言ってたけど……前者はともかく、後者はどうなんだろうね。不謹慎《ふきんしん》だから嫌《いや》だったのかい？』

「当たり前じゃないですか」

『本当にそう思ってるなら、ダラーズなんて組織を維持しようだなんて思わないよ。寧《むし》ろ、無かった事にして消えて欲《ほ》しいと思う筈《はず》だ。あるいは、自分は簡単に抜けだして一般人として過ごすとかね。メールとかを無視するだけで抜けられるんだし、罰則《ばっそく》もない』

「僕が創設者の一人なのに……そんな無責任な事できません」

『いいんだよ。ダラーズのメンバーは、誰も君に責任なんか求めていない。それでも責任を取りたいというのなら、君は余程《よほど》真面目《まじめ》な性格なんだろうね……と、言いたいけれど、君はそういうタイプじゃないだろ？』

「なんですか、急に」

『いや、やっぱりいいや。他人にどう思われてるかなんて、知らない方がいいだろ？』

「そこまで言っておいて止《や》めるなんて酷《ひど》いじゃないですか……言って下さいよ。僕、気にしませんから」

『そう？　じゃあ、あくまで俺《おれ》の推測だから、違ってたら気にしないでくれよ。情報屋の戯言《ざれごと》に過ぎないんだから』

「はい」

『……君が恐いのは、ダラーズが暴走する事じゃないだろ？』

「え……」

『変化していくダラーズに、君自身が置いて行かれてしまう事なんじゃないかな？』

「そんな事はありません！」

『……』

「あ……」

『否定が早いね。早すぎる否定は逆に疑いを招くから気を付けた方がいいよ？　ていうか、自分でもうすうす気付いてる事なんじゃないかな？』

「……」

『君は喧嘩《けんか》が強いわけでもなければワルでも無い。恐らく、タバコや酒もやった事はないし、万引きした事を自慢してるような連中に嫌悪感《けんおかん》を抱《いだ》く——普通の、善良な人間だ。それは本当に尊い事だと思うけれど、君はその尊さに退屈を感じたからこそ、ダラーズを作り、ここまで維持してきたんじゃないのかい。日常からの脱却《だっきゃく》。それこそが君の夢だったんだろう？』

「……」

『俺《おれ》は、そんな君が心配なんだ』

「えっ……」

『前にも言ったろう？　日常を楽しむには、常に進化を続けないといけないんだ。ただ、それは決して一人で溜《た》め込むようなものじゃない』

「甘楽《かんら》さ……折原《おりはら》さん……」

『イザヤでいいよ。紀田《きだ》君もイザヤさんって呼ぶしね。そう、ダラーズ抜きにしても、君の味方は沢山《たくさん》いるって事を忘れちゃいけないよ。杏里《あんり》ちゃん然《しか》り、紀田君然《しか》り……まあ、俺にもできる事があるっていうなら、いくらでも協力するよ。だから、今回の件は君一人で抱《かか》え込んで、気に病むような事じゃない。それを、今のうちに言っておきたかったんだ』

「……あの、臨也《いざや》さん」

『なんだい』

「ありがとう……ございました」

『御礼を言われるような事はしてないよ』

『君をそそのかして何か企んでいるのかもしれないよ。……なんてね』

♂♀

そんな会話が成された事を思い出し、帝人《みかど》は自嘲《じちよう》気味に微笑《ほほえ》んだ。

──臨也さん、何をしてるのか解《わか》らない怪しい人だと思ってたけど──

──やっぱり、あの人はいい人だ。

あまりにも単純に臨也の言葉に励《はげ》まされた帝人。

もしも彼がダラーズの件で取り乱していなかったら、池袋《いけぶくろ》に最初に来た時、親友から言われた言葉を思い出していた事だろう。

【折原臨也《おりはらいざや》には、関わっちゃいけない】

という、彼にとってある意味最も重要な忠告を。

しかし、今の帝人《みかど》にその忠告は届かない。

臨也が正臣《まさおみ》に何をしたのか、帝人は未だその全貌《ぜんぼう》を知らないのだから。


少年はその後、気合いを入れ直して自分がどう動くべきか考え続けたのだが――――

「……何も考えつかなかった……」

臨也の最後の言葉に感謝したのも事実だが、それまでに言われた言葉に少なからずショックを受けたのも事実だった。

自分の本音が、全く解《わか》らない。

――本当に、僕は……ダラーズの暴走を止めたがってるのかな?

具体的に、埼玉《さいたま》で誰が何をしたのかまでは解らない。

ただ、ダラーズの名を使って何か暴力沙汰《ざた》が起こった事だけは確かだ。

――でも、本当に、わくわくなんか……。

自分自身にそう言い聞かせたかったが、その自信が無い。

非日常からの脱却《だっきゃく》を誰よりも願っていた事は事実であり、現在も変わらずに願い続けていると言ってもいいだろう。

セルティ・ストゥルルソンという最高の非日常と出会えた事にも関わらず、帝人は自分の心の内で何かが燻《くすぶ》っている事も感じていた。

——……僕は、卑怯《ひきょう》だ。

——臨也さんの言う通り、僕は……。誰かと本気で殴《なぐ》り合った事も、大勢の人間に囲まれて殴られた事も無い。

そんな自分がダラーズ全体をどうこうしようというのは、実におこがましい考えなのでは無かろうか。

帝人の中にそんな迷いが生じ、ただ時間だけがいたずらに過ぎていった
気付ば窓から強い日差しが照っており、時計の針は既《すで》に朝の9時を回ろうとしていた。

「……もう、眠《ねむ》る時間は無いや」

杏里《あんり》や青葉《あおば》達との待ち合わせ時間は昼の11時だ。

準備らしい準備は特に無いが、これから一眠りしたら寝過ごしてしまう事だろう。

幸い、昨日《きのう》は学校から帰った後、夜まで仮眠を取っている。

なんとかなるかと、冷蔵庫から栄養ドリンクを取り出した所で——

玄関《げんかん》のチャイムが鳴った。

「？」

——誰だろう。

新聞の勧誘《かんゆう》だろうか。

何度か来た事があるが、帝人《みかど》はいつもドア越しに応対して適当な事を言って追い返す。向こうもボロアパートに住んでいる状況から大して期待していないのか、特に悪態をつく事もなくあっさりと引き下がる事が殆《ほとん》どだった。

とはいえ、お金が無いわけではない。

帝人は学費以外の生活費は基本的に自分で稼《かせ》いでいる。

上京に反対していた親を『学費以外はバイトで稼ぐ』と説得して上京した身。その両親も、なんだかんだで仕送りをしてくれているのだが——そのお金はありがたく貯金に回している状態だ。

アルバイトと言っても、様々なネットビジネスを手広く行っている形なのだが、それぞれの管理に手間取って結局かなりの時間を取られている。

それでも学業の傍《かたわ》らで生活費が稼げるとなれば相当なものなのだが、帝人はそんな自分の能力を凄《すご》いとも思わぬまま、淡々と日常を過ごしてきた。

このチャイムもまた、そんな日常の一部と受け止め、何の疑問も持たずに扉《とびら》を開ける。

朝の眩《まぶ》しい世界が徹夜《てつや》明けの眼《め》に飛び込み、眼の奥をチクチクと刺激した。

思わず手で廂《ひさし》を作り、眼を守りながら扉の外に眼を向ける帝人。

すると、そこには——昨日《きのう》会ったばかりで、数時間後に再び会う筈《はず》の少年が立っていた。


「どうも、おはよう御座《ござ》います、先輩《せんぱい》！」

「あ……青葉《あおば》君？」

ドアの前に居たのは、この後に池袋《いけぶくろ》の街を巡《めぐ》る予定の後輩《こうはい》、黒沼《くろぬま》青葉。

「どうしたの？　集合時間まであと2時間もあるけど」

——あれ？

違和感が、帝人の後頭部を駆《か》け抜ける。

——青葉君に、うちのアパートの場所教えたっけ……？

「ええ、ちょっと、杏里《あんり》さんに会う前に、先輩《せんぱい》にどうしても相談したい事があって……」

「電話してくれれば良かったのに。ところで、誰からこのアパートの場所を……」

「ダ、ラ、ー、ズ、の、事、で、す」

愛想《あいそ》よく尋ねる帝人の声を途中《とちゆう》で遮《さえぎ》り、青葉が爽《さわ》やかな笑顔のまま言葉の続きを言い放った。

ジグリ、と、帝人の背筋に嫌《いや》な寒気《さむけ》が染《し》みわたる。

表情を硬くした帝人にズイと顔を近づけ、天使のような笑顔で呟《つぶや》いた。

「ここじゃなんですから、場所を変えませんか？」

その言葉と同時に、帝人《みかど》は一つの異常に気付く。

開いたドアが、誰かの手によって押さえられているという事に。

玄関《げんかん》に入り込んだ青葉《あおば》のものでも、当然自分のものでもない。

古びたドアの裏側から覗《のぞ》いた謎《なぞ》の指先が、がっしりとドアを押さえ込んでいる。

言葉を失う帝人に、青葉は微笑《ほほえ》んだまま不気味《ぶきみ》な事を口にした。

「着替える時間くらいなら、みんな待てますから」

♂♀

20分後　池袋某所《いけぶくろぼうしょ》　廃工場

池袋から少し離れた、繁華街《はんかがい》と比べて格段に人の気配が薄《うす》らぐ区画。

いくつかの工場が並ぶ中、特に寂《さび》れた印象を与える場所があった。

鉄工所か何かの跡地《あとち》だろうか。

灰色の壁に所々錆《さび》の色が浮き上がっている建物は、打ち捨てられてから何年も経過しているように感じられた。赤茶けた錆に包まれた廃材が所々に積み上げられているが、それらを加工する為の作業機械などは全《すべ》て撤去《てっきょ》されている。

何故《なぜ》か新品に近いバイクが工場内に置かれているが、その車体は違和感を生み出すというよりも、周囲の錆の色を引き立たせているだけだった。

雑然とした雰囲気《ふんいき》の割に広々とした、実に殺風景な建物。

そんな朽《く》ちかけた工場の内部に、若さに満ちた少年達の声が響き渡る。

「あれ、なんだろこのバイク。昨日《きのう》までこんなの無かったのに」

首を傾げながら呟《つぶや》く青葉《あおば》に、横に立っていた大柄《おおがら》な少年が呟いた。

「盗難《とうなん》車かなんか隠《かく》したんじゃね？」

身長は静雄《しずお》と同程度だろうか。

色黒の肌《はだ》に筋肉の筋《すじ》が浮き上がり、タンクトップから覗《のぞ》く腕《うで》や首にはトライバルデザインのタトゥーが縦横無尽《じゅうおうむじん》に描かれている。

顔も強面《こわもて》で鼻の下には口髭《ひげ》が生えており、とても高校生には見えないが——青葉は帝人に彼を『中学時代の同級生』だと紹介《しょうかい》した。

彼を始めとして、帝人の周囲には無数の人間が集まっており、青葉に対してそれぞれの言葉を投げかける。

「つか、ここゴキブリとかゲジゲジとかいそうで超嫌《いや》なんだけど。どっか高級ホテルとかにしようぜ。溜《た》まり場よぉ」

「てめーが金だすのかよ」

「食えよ、ゴキブリぐらい」

「てめえ食えんのかよ！」

「ヒヒッ」

「食ったら幾ら払う？」「三〇〇円」「安っ！」「のった！」「マジか⁉」

「よし、そうと決まればゴキブリ探せ！　そして油で揚げてくれ！」「生《なま》じゃねえのかよ！」

「ウォエっ」「吐《は》くな！」「だって……ゴキブリ食うの想像しちまってよ……」

「おい青葉《あおば》、こいつらウザイからぶん殴《なぐ》っちゃっていいか？」「駄目《だめ》」「ヒヒっ」

年頃は殆《ほとん》ど帝人《みかど》と同年齢《ねんれい》だろうか。様々なタイプの少年達が帝人と青葉の周りを取り囲むように位置しており、帝人は彼らと共に廃工場の奥に向かって歩いている状況だ。

ただ、ここには来ていないが、先刻までは何人か明らかに二十歳《はたち》を超えると思しき人間達もいた。彼らの運転する車に分乗して、帝人達はこの場所にやって来た形となる。

——何故《なぜ》、付いてきてしまったんだろう。

明かにおかしな雰囲気《ふんいき》だ。

ついていかない方が良いというのはわかりきっていたのだが、断れる雰囲気でも、逃げ出せる空気でもなかった。

同時に、帝人はこの廃工場に対して妙《みよう》な感覚を抱《いだ》き始めていた。

――この廃工場……見覚えが……。

――……っ！

少し考え、帝人ははたと思い出す。

――そうだ、ここ……何ヶ月か前に……。

だが、その事実について少年が深く考えるよりも先に――青葉が手近にあった鉄骨の山に腰《こし》掛《か》け、帝人の顔を上目《うわめ》遣《づか》いに見ながら問いかけた。

「夕べ、先輩《せんぱい》、ダラーズのメンバーズサイトとかで色々聞いて回ってたでしょ？　埼玉《さいたま》の方の人達と揉《も》めてる件」

青葉だけは、普段見せる爽《さわ》やかな微笑《ほほえ》みを浮かべていたが、その事が逆に、帝人にとって不気《ぶき》味《み》で仕方がない。

自分が言えた義理ではないが、青葉も相当な童顔だ。

中学生にしか見えない顔立ちの少年が、明らかに強面《こわもて》の不良といった雰囲気の少年達に囲まれ――その状況でいつも通りの笑顔を浮かべているというのが、帝人には不気味で仕方がない。

「う、うん……確かに聞いたよ。ちょっと気になってさ……」

「俺《おれ》、詳《くわ》しい話を知ってるんです。それを話そうと思って」

「！　本当に!?」

現在の状況の不気味《ぶきみ》さを一瞬《いっしゅん》忘れ、顔に生気を取り戻す帝人《みかど》。

通常ならば、この状況で『詳しい話を知っている』と言われたならば、ある一つの可能性を想像するのが普通だろう。

だが、その可能性を帝人は欠片《かけら》も想像しなかった。

帝人にとって、黒沼青葉《くろぬまあおば》という少年の外見や雰囲気《ふんいき》は、その『可能性』からもっとも遠い所と感じられていたのだ。

だからこそ、その『可能性』を事実として突きつけられた瞬間《しゅんかん》も――

帝人は、相手が何を言っているのか理解する事ができなかった。


「俺《おれ》達ですよ」


「……え？」

「俺達がやったんです」

普段通りの笑顔で、一つの事実を告白する青葉。

「俺と、ここにいるみんなで……ダラーズの一員として、埼玉の連中を襲ったんです」

「……え？　なに？」

思わず半笑いになって問いかける帝人。

冗談《じょうだん》か何かだと思いたかった。

だが、青葉は子供のようにあどけない表情で、淡々と事実だけを紡《つむ》ぎ出す。

「とりあえず、Ｔｏ羅丸《とらまる》とかいう連中いたじゃないですか。先月、門田《かどた》さん達のバンやあの黒バイクの人を追いかけてた」

「あ、え？　あ、ああ、うん」

「あいつらのバイクを何台か燃やして、ついでに二十人ぐらい入院させちゃったんですよ」

その言葉に合わせて、刺青《いれずみ》の強面《こわもて》少年が付け足しの言葉を呟《つぶや》いた。

「ていうか、たまり場の駐車場に直接火炎瓶《かえんびん》ぶち込んだろ、青葉」

明かに『それらしい』少年の口からその言葉が紡がれた事により、ようやく帝人は話の内容を理解する。

「……え……あ……」

しかし、まだ理性が納得できないのか、口をぱくつかせながら青葉を見る帝人。

青葉はそんな帝人を前に、更《さら》に踏み込んだ事実を口にする。

相手の反応を楽しむかのように、帝人の眼を緩《ゆる》やかに睨《ね》め上げながら。

「俺達は、ダラーズでもあるけど……別の名前も持ってるんです」

「……別の……名前?」

「ブルースクウェアって、聞いたことありません?」

5月4日　朝　チャットルーム

バキュラさんが入室されました。

バキュラ【おはようございます】
バキュラ【イエイ！】
バキュラ【って、】
バキュラ【やっぱり誰もいないっすねー】
バキュラ【朝なんで仕方ないか】
バキュラ【やー、】
バキュラ【俺《おれ》ここに来るの、】
バキュラ【大体一週間ぶりくらいっすか】
バキュラ【暫《しばら》くここのチャットに参加できなくてマジですいませんでした】
バキュラ【ちょっと仕事で、】
バキュラ【彼女と二人で東北までラブラブランデブーって奴《やつ》ですよ】
バキュラ【みんな元気でしたかー】

バキュラ【みんなの連休中の予定を過去ログから抜き打ちチェックと行きますよイエー】
バキュラ【あれ、】
バキュラ【昨日《きのう》までのログが消えてるんですけど】
バキュラ【なにかのトラブルですかね】
バキュラ【ともあれ、】
バキュラ【また後日ー】

バキュラさんが退室されました。

チャットルームには誰もいません。
チャットルームには誰もいません。
チャットルームには誰もいません。

・・・

# 間章もしくはプロローグC　黒沼青葉《くろぬまあおば》

3年前　池袋《いけぶくろ》近郊　某《ぼう》マンション屋上

「……ッんだよ、話ってのはぁ。俺《おれ》だってヒマじゃぁねーんだよぉ？」

その青年は、苛立《いらだ》ちを隠《かく》さぬまま眼前の少年に言葉をかける。

屋上から見える周囲の景色は、既《すで》に夕暮れの赤に侵食《しんしょく》されており、青年は太陽を背にした少年に対して眼《め》を顰《ひそ》め続けていた。

少年の表情は逆光でよく見えないが、口元を見るとかろうじて笑っている事が確認できる。

青年――泉井蘭《いずみいらん》は、弟の泉井青葉の事が好きではなかった。

要領の良い所があり、他者に気を遣《つか》う事ができる性格をしている弟を見ると、どうにも心の中に妙《みょう》な苛立《いらだ》ちが湧《わ》き上がってくる。

彼に弟が何かをしたわけではないのだが、自分が劣っているわけではないのに、彼だけが周囲の人間から好意を向けられているような気がしていた。

両親の愛も、教師の評価も、子供同士の友愛も——そうした愛を自分よりも多く受けて育っている気がする。

別にそんなものを今更《いまさら》欲しいとも思わないが、弟の青葉《あおば》がそうしたものを得ているのを見ると、どうにも苛立《いらだ》ちが募《つの》るのだ。

腹いせに殴《なぐ》りつけたりした事もあるが、特に抵抗をしてきた事もない。

ただ——ある日、やり過ぎてしまったかという程《ほど》に殴りつけた夜、蘭《らん》の部屋でボヤ騒《さわ》ぎが起こった。彼が夜遊びしている間に燃え出したらしく、帰った時点で父親に鼻をへし折られた。

タバコの火の不始末《ふしまつ》との事だった。

幸い大事には至らなかったが、その日彼は、出かける前にタバコを吸った記憶《きおく》はない。

「兄貴に怪我《けが》が無くて、本当に良かった」

当時、まだ小学生だった弟の爽《さわ》やかな笑顔。

それの笑顔に気圧されて、結局泉井《いずみい》は弟を追及する事ができなかった。

自然に弟と距離を空けるようになり、両親の離婚を機として住まいも離れる事になる。

弟は申請《しんせい》して名字《みようじ》も母の旧姓《きゆうせい》に変えるらしいが、蘭にとってはどうでもいい事だった。

この苛立たしい弟と離れられるのならば、どうなっても構わない。

近所でも有名な不良としての顔を持つ蘭としては、自分に妙《みよう》な不安を与える存在とは離れておくのが一番だったからだ。

ところが――そんな弟が、真剣な顔をして『相談がある』などと言ってくる。

屋上に呼び出された泉井《いずみい》は、弟を侮《あなど》りつつも僅《わず》かに警戒《けいかい》の視線を向けていた。

自分もそこそこ喧嘩《けんか》慣れしている身だ。

暫《しばら》く殴りつけた事も無いが、眼前の細身の弟が掛かって来た所で、軽くぶちのめす事ができるだろう。

それを頭の中で確認すると、表情にも少し余裕《よゆう》が浮かぶ。

僅《わず》かに顔つきが緩《ゆる》くなった兄に対し、青葉が笑いながら口を開いた。

「実はさ、兄貴に頼みがあるんだ」

「んだぁ？　弟に貸す金なんてねぇぞ？」

「そういうんじゃないんだけど……ほら、兄貴はさ、近所の高校の間でも有名じゃないか」

「あぁ？　何が言いたいってんだ？」

眉《まゆ》を寄せて尋ねる兄に、弟は淡々と自分の『事情』を語り始める。

「俺《おれ》さ、友達と集まって、巫山戯《ふざけ》てチームみたいなの作ってたんだけどさ……」

「チームゥ？　なんだぁ？　お勉強サークルか何かかよ」

「最初は、そういう集まりのつもりだったんだけどね……だんだん変な人が増えて来ちゃってさ……。年上の人とか、最近じゃ大人《おとな》の人まで関わってくるようになっちゃって」

要領を得ない弟の物言いに、蘭《らん》は更《さら》に苛立《いらだ》ちを募《つの》らせる。

だが、青葉《あおば》の次の言葉を聞いて、蘭は目つきを変えざるを得なかった。

「第三中出身の、法螺田《ほらだ》さんとか比賀《ひが》さん、って知ってる?」

「あぁ……?」

その名前は聞いた事があった。

札付きのワルとして、蘭たちの周囲では有名な少年達である。

法螺田は高校を退学になったと聞いていたが、その名前が優等生めいた弟の口から聞こえてくるとは思わなかった。

「僕とは直接面識《めんしき》無いんだけど……その人達も、チームのメンバーなんだ」

「……はぁ?」

戯言《ざれごと》だと笑い飛ばすべき所なのかもしれない。

だが、それができなかった。

冗談《じょうだん》だとするなら、弟の口から、法螺田達の名前が出てきた時点でまずおかしい。

「もう、俺の手には負えなくなっちゃって……。きっと、チームの中心が俺みたいな奴《やつ》だなんて知れたら、その法螺田って人とか大人《おとな》の人達に何をされるか解《わか》ったもんじゃないから……俺、恐くてさ」

──嘘《うそ》だ。

次々と紡《つむ》がれる青葉の言葉を聞いて、蘭は即座に確信する。

青葉は嘘をついている。

疎遠《そえん》とはいえ兄弟だ。そのぐらいの事はなんとなく解る。

だが、それを指摘《してき》する事ができなかった。

チームの話は嘘ではないだろう。

法螺田達の話も嘘ではないだろう。

弟の嘘はただ一つ。『手に負えなくなった』という一点だ。

そして──蘭もまた、嘘をつく。

弟への虚勢《きょせい》。

そして、自分自身を騙《だま》す強がりの言葉を、渇《かわ》いた息と共に吐《は》き出した。

「情けない野郎《やろう》だ。俺に……どうして欲しいってんだ？　あ？」

「俺はもう恐いから、チームなんてどうでもいいから……。兄貴に、このチームの新しいリーダーになって欲しいんだ」

「……」

利用されるかもしれない。

なんとなくそんな気はしたが、引くわけにはいかなかった。

ここで引けば、自分は一生弟の上に立てない。

そんな確信が彼の中に渦巻《うずま》き始め、逆に、弟を利用してやるという思いすら浮かび始めた。

「……チームに、名前とかあんのか」

兄の問いに、青葉《あおば》はあどけない微笑《ほほえ》みを浮かべたまま、嬉《うれ》しそうに嬉しそうにその名前を紡《つむ》ぎ出す。

「ああ、友達がつけた名前なんだけどさ」

「ブルースクウェア、っていうんだ」

♂♀

そして、一年後。

黄巾賊《こうきんぞく》というチームと揉《も》めたという時も、青葉は敢《あ》えて静観した。

自分の直接の仲間達は動かさず、また、年長者としてのプライドからか、兄も弟に助けを求める事はしなかった。

兄が警察に逮捕《たいほ》されたと聞いた時も、青葉は何も言わなかった。

ただ、粟楠会《あわくす》や平和島静雄《へいわじましずお》と揉めてしまい、『ブルースクウェア』そのものが解散に追い込まれそうだと聞いた時——

まだ中学生だった少年は、冷めた表情で一言《ひとこと》だけ呟《つぶや》いた。


「……役立たず」

♂♀

数年後　4月下旬　埼玉《さいたま》県某所《ぼう》

「だけどよ、本当にダラーズでいいのか、青葉よう？」

燃えさかるバイクを前に、スプレー缶《かん》を持った少年が問いかける。

「いいさ。人が来る前に急いでやっちゃって」

青葉は普段帝人《みかど》達に見せるものとは違う、冷め切った表情で呟いた。

深夜のとある駐車場《ちゆうしやじよう》。

周囲には開いている店など見あたらず、人通りも全く見られない。

そんな場所に不似合いな外見の少年。彼の周りには、燃えさかるバイクが数台あり、その持ち主と思しき人間達がアスファルトに倒れている姿が確認できた。

炎《ほのお》の灯《あか》りに照られされた近くの塀《へい》には、虎《とら》に跨《また》る艶《なま》めかしい美女をモチーフとした『Ｔｏ羅《とらま》丸《る》』のロゴマークがタギングされている。

ちゃんとした場所に書いていれば芸術品といってよい程の完成度だったが、スプレー缶《かん》を持った少年は、その上から容赦《ようしゃ》なく黒い色を塗りつけ始める。

そんな行為を横目に見ながら、青葉《あおば》は横に立つ無数の少年達に語りかけた。

「ブルースクウェア、って名前を売る気は無いよ」

「兄貴に預けてあんだけ派手《はで》に暴れさせといてか？」

仲間の皮肉に、青葉は自嘲《じちょう》気味に笑いながら言葉を紡《つむ》ぐ。

「ブルースクウェアは、八房《やつふさ》の奴《やつ》がつけた名前だけどね」

「そういや、どういう由来《ゆらい》なんだっけか」「ヒヒッ」

「八房の奴、俺《おれ》やみんなの事を『まるで、浅瀬で動けなくなったサメの群だな』とか抜かしてさ。一人一人、四角く切り取られた青の広場。その小さい領土を必死に護《まも》ってるサメ達の集まりなんだとさ。それが名前の由来」

青葉の言葉に、仲間達の反応は、納得して頷《うなず》いたり、意味が解《わか》らずに首を捻《ひね》ったり、ただ笑う者まで様々だった。

「どういう意味だ……？」「勉強しろ」

「ていうかよ、青葉、それ、俺らバカにされてね？」

「ヒヒッ」「ヤッチーの野郎《やろう》」「確実にバカにされてるな」

「そうかもね。でも結構気に入ってるよ」

　青葉は冷めた笑いの中に一瞬《いっしゅん》温かな表情を浮かべるが、周囲にバイクが燃えている中では
かえって不気味《ぶきみ》に感じられる。

　そんな空《そら》恐ろしい笑顔を欠片《かけら》も気にせず、少年の一人が周囲を見渡しながら呟《つぶや》いた。

「肝心《かんじん》の名付け親は何処《どこ》行った？」

「八房なら病欠。いつもの事だろ？」

「あいつ、体弱いからなあ」

「おい待て、ミツクリの奴、ひらがなで『だらーず』ってタギングしてるぞ」

「誰か止めろ」「ま、いいんじゃね」「ヒヒッ」

「で、青葉、そのダラーズをどうするのよ」

　騒々《そうぞう》しく騒《さわ》ぐ周囲の面子《メンツ》に対し、青葉は淡々と呟いた。

「大型の鮫《さめ》はさ、浅瀬じゃ泳げなくて溺《おぼ》れ死ぬんだ」

　炎《ほのお》を背にしたまま、青葉の姿は仲間達から見て影になる。

　それでも、仲間達は知っていた。

　こういう時の青葉は、心の底からの笑顔を浮かべているという事を。

「青春時代を存分に楽しむ為には、ダラーズっていう大海原《おおうなばら》が必要なのさ」

「で、わざわざ埼玉《さいたま》の連中に喧嘩《けんか》を売ったのは？」

「……ダラーズは、浅く広い集団さ。その広さは確かに驚くべき事だろうけどさ……」

「サメにとって、海は深い方が泳ぎやすい。それだけの話だろ？」

# 接続章

5月4日　朝　新宿某《しんじゅくぼう》マンション

「……」

平和島静雄《へいわじましずお》は、一つの扉《とびら》の前で苛立《いらだ》たしげに拳《こぶし》を握《にぎ》る。

拳の間からは血がポタポタとこぼれ落ち、一体どれほどの力が籠《こ》められているのか想像もつかない。

「……ノミ蟲《むし》野郎《やろう》が……！　手間とらせやがって……ッ！」

顔に血管を浮かせつつ、独《ひと》り言《ごと》を肺の奥から絞《しぼ》り出す。

傍《そば》でその声を聞く者が居れば、彼の肺は地獄《じごく》に繋《つな》がっているに違いないと判断する事だろう。

彼に怨嗟《えんさ》の声を吐《は》き出させたのは、扉に貼《は》られた一枚の張り紙だった。


【事務所移転しました！　新住所は――――――】

臨也《いざや》の自宅兼事務所がある筈《はず》の場所には、既《すで》に人の気配は感じられなかった。

部屋の入口にそのような張り紙があるという事は、恐らくまだ新しい入居者はいないのだろう。静雄《しずお》はとりあえず扉《とびら》を蹴破《けやぶ》って中にあるもの全《すべ》てを破壊したい衝動《しょうどう》に駆《か》られたが、マンションの持ち主に迷惑《めいわく》が掛かると考え、その怒りを必死に喉《のど》の奥へと飲み込んだ。

「……二度手間だからよお……二回ぶっ殺してやる……」

憎《にく》き仇敵《きゅうてき》の顔を思い出しながら——静雄は顔に血管を浮かべたまま部屋の前を後にした。


それから、僅《わず》か数十秒後——

扉に貼《は》られた張り紙は、静雄がマンションを出ると同時に、一人の女によって剝《は》がされた。

「……こんな大雑把《おおざっぱ》な手口が上手《うま》く行ったとしたら、あの静雄ってのは相当の単細胞ね」

女——矢霧波江《やぎりなみえ》は、マンションの廊下《ろうか》からゆっくりと下を覗《のぞ》きこむ。

大股《おおまた》で立ち去っていくバーテン服の男を見つけ、その背に視線を向けながら呟《つぶや》いた。

「あの男を一人を追い込むのに、随分《ずいぶん》と手の込んだ事をするのね」

波江は興味なさげに静雄の背を見送ると、冷めた表情で物騒《ぶっそう》な言葉を口にする。

「ナイフで殺せないなら、毒でも使えばいいのに」

平和島静雄《へいわじましずお》が、何故《なぜ》臨也《いざや》のマンションに向かったのか。

その行動の理由は、4日の早朝に遡《さかのぼ》る。

♂♀

「あ、眼《め》を覚ましました！」

新羅《しんら》のマンションにその声が響いたのは、朝の6時頃の事だった。

声を上げたのは、新羅でもトムでも静雄でもなく――眼鏡《めがね》をかけた、一人の女子高生だった。

セルティが『暴漢に襲《おそ》われたから泊めてやってくれ』と新羅に頼み込んでいるのを、静雄もトムも目撃《もくげき》している。

新羅は何もする必要は無いと言ったのだが、杏里《あんり》はそんな事はできないとばかりに、寝込んでいる少女の世話役を買って出たのだ。

新羅はその声を聞いて、パソコン机からゆっくりと立ち上がる。

「解《わか》った、今行くよ」

新羅は流しで手を洗い、除菌済みの検査鏡《きょう》などを手に寝室へと向かう。

「そういえば、あの子の事をセルティに伝えるの忘れてたなあ」

――まあ、なんか凄《すご》く忙《いそが》しいみたいだったから、後でもいいか……。

闇《やみ》医者は寝ぼけ眼《まなこ》でぼんやりとそんな事を考えつつ、少女が眠《ねむ》る奥の部屋へと足を向けた。

扉《とびら》を開けると、そこでは新羅の想像とは少し違う光景が。

てっきりぼんやりと眠っていると思った少女が、ベットから部屋の隅《すみ》に移動し、カタカタと小刻みに震《ふる》えている。

だが、どうやら熱による震えではないようだ。

少女の視線の先には、新羅よりも先に部屋に入っていた静雄の姿がある。

一方の静雄は、自分に怯《おび》える少女を見て、困ったように眉《まゆ》を顰《ひそ》めて仁王《におう》立《だ》ちしている状況だ。

「……俺《おれ》は何も話さない方がいいのか？」

「静雄が何か言っても刺激するだけだと思うから、黙《だま》ってた方がいいと思うね、うん」

新羅はそう言うと、少女に手を差し伸べる。

「大丈夫《だいじょうぶ》かい？　顔色は良くなったけど、とりあえず熱を測ろう」

しかし、少女は静雄を強く睨《にら》み付けたまま、悔《くや》しそうな瞳《ひとみ》で問いかけた。

「私も、殺すの？」

「……『も』、ってなんだ、『も』って」

眉を顰めながら問いかえす静雄の前で、新羅は静かに首を振る。

「やっぱり、君はいつの間にかこの子の大事な人を……」

「……手前《てめえ》を俺《おれ》の殺人履歴《りれき》の第一号にしてやろうか……？」

顔面に血管を浮かべ始める静雄《しずお》を、背後からトムが『子供の前だ、後にしとけ』と必死に宥《なだ》めかけている。

新羅《しんら》は警戒《けいかい》する少女の額《ひたい》に軽く手をあて『うん、熱は下がったね』と穏《おだ》やかな表情を浮かべて見せた。当然ながら額では正確性が低いので体温計を持ってきているのだが、新羅は敢《あ》えて少女を安心させる為に額に手を触《ふ》れて見せたのだ。

普段の新羅を知るものからすれば、まるで別人に見える事だろう。

もしもセルティが居たら、『そんな普通の奴《やつ》みたいな笑顔、私には見せたこと無いのに……うわあああ、新羅のロリコン！』と叫んで家出してしまうかもしれない。それほどまでに穏《おだ》やかで、誠実な笑顔だった。

「……お兄ちゃん、誰？　へいわじましずおの仲間？」

「ただの腐れ縁《くされえん》だよ。安心して、あいつには君に手出しさせないから。だけど、その為には、君にも話して欲しい事があるんだ」

優しい街のお医者さんといった話し方をする新羅を見て、静雄は自分の背に鳥肌《とりはだ》が立っているのを感じ取る。

だが、今の状況で少女から話を聞き出せそうなのはこの男だけだ。

その気持ち悪さに耐えつつ、少女の話に離れた場所から耳を傾ける事にする。

新羅は少女と同じ視線の高さになるまでしゃがみながら、自らの子供のように語りかける。

「君の名前を教えて貰《もら》ってもいいかな？」

「……アカネ」

「アカネちゃんか。上のお名前は？」

「……」

名字《みようじ》を聞いた瞬間《しゆんかん》、アカネと名乗った少女は黙《だま》り込む。

どうやら話したくないようだと判断した新羅は、あえて追及せずに次の質問を口にした。

「どこか苦しい所はない？　喉《のど》が痛いとか、お腹《なか》が痛いとか、平気？」

新羅の言葉に、アカネはコクリと頷《うなず》いた。

「そっか……良かった。じゃあ、昨日《きのう》の事を聞いても大丈夫《だいじようぶ》かな？」

少女は暫《しば》し考え込むが、頷く事も首を振る事もしなかった。

僅《わず》かに怯《おび》えながら静雄の方に視線を向け、サングラス越しに眼《め》が合うと怯えて体を竦《すく》ませる。

「大丈夫、何もしないから。あいつは乱暴者だけど、本当はいい人なんだよ？　君の事を虐《いじ》めようとしてたなら、もうとっくにポカポカやられてるだろ？」

「……」

「それとも、あいつに何かされちゃった？　だからやっつけようとしたのかな？」

「……ううん」

小さな呟《つぶや》きと共に、少女は左右に首を振った。

新羅《しんら》はハテと首を傾げ、肝心《かんじん》の事を尋ねかける。

「じゃあ、どうしてあのサングラスのお兄《にい》さんに居なくなって欲しかったの？」

「……」

一瞬《いっしゅん》黙《だま》り込むが、新羅の柔和《にゅうわ》な微笑《ほほえ》みを見て、少女はゆっくりと口を開く。

「……殺し屋だから」

「え？」

「私のお父《とう》さんやお爺《じい》ちゃんが、しずおっていう名前の殺し屋のお兄ちゃんに殺されるって言われたの。だけど、お父さん達の所にも戻れないから、どうしたらいいのか解《わか》らなくて……」

嫌《いや》な予感がした。

何故《なぜ》家に戻れないのか？と聞くよりも先に、新羅の全身を嫌な震《ふる》えが駆《か》け抜けた。

背後に立つバーテン服の男も、同じ予感に辿《たど》り着いたのだろう。

何か骨の軋《きし》むような音が静雄《しずお》の方角から聞こえたが、敢《あ》えて新羅は振り向かない事にする。

「……で、あのスタンガンは？」

「これならやっつけられるって、くれたの」

「誰が？」

「私が家出する時、いろんな事を教えてくれた人」

予感はますます色濃くなり、新羅の中には徐々《じょじょ》に一人の人間の顔が浮かび始める。

「その人が、静雄が殺し屋だって言って、スタンガンもくれたの？」

コクリと頷《うなず》く少女に、新羅は緊張《きんちょう》と共に肝心《かんじん》の質問を投げかけた。

「……なんて名前の人かな？」

決定打となるその質問に、少女は一瞬《いっしゅん》躊躇《ためら》ったが、この短いやり取りで新羅を余程《よほど》深く信頼したのか、おずおずとその名前を口にした。

「……イ、ザ、ヤ、お、兄、ちゃ、ん」


ゾクリ、と、新羅の背に寒気《さむけ》が走る。

自分のすぐ背後に、世界を滅ぼす魔神《まじん》が誕生したような錯覚《さっかく》を覚え——冷や汗《あせ》を掻《か》きながら、ゆっくりと後ろにいる男へ振り返った。

するとそこには——

柔《やわ》らかい笑顔を浮かべる、静雄が居た。

——えッ!?

初めて見るような静雄の表情に、逆に絶望的な気分になる新羅。

——御免《ごめん》よセルティ、今日僕は、先に逝《い》くかもしれない。

そんな言葉が心中《しんちゅう》に浮かぶ中、静雄《しずお》は柔《やわ》らかい笑顔のまま呟《つぶや》いた。

「はは、それは誤解だよ、アカネちゃん」

「え……」

「イザヤ君は、俺《おれ》の事を勘違《かんちが》いしてるんだよ。俺は殺し屋なんかじゃない」

「……本当に？」

「ああ、本当さ！　イザヤ君とは友達なんだけど、ちょっと喧嘩《けんか》しちゃったんだ」

静雄はゆっくりと首を振りながら、肩《かた》を竦《すく》めて少女や新羅《しんら》に背を向けた。

「ちょっと今から、仲直りしてくるよ」

アカネに対して無邪気《むじゃき》なウインクをして見せ、口笛《くちぶえ》を吹きながら部屋の外に出る静雄。

新羅は自分の全身に冷たい汗《あせ》が流れている事に気付いた後、アカネを心配させぬよう、心の中でだけ呟いた。

――臨也《いざや》の奴《やつ》……人生にもう飽《あ》きちゃったのかな……。

玄関《げんかん》を出て、後ろ手にドアを締めたトムは、少し先を歩く静雄に声をかける。

「……よく我慢《がまん》した。お前は今、国民栄誉賞《えいよしょう》を貰《もら》ってもいいと思う」

「……ありがとうございます。トムさん」

静雄《しずお》はこちらを向かぬまま、淡泊な調子で会社の上司《じょうし》に語りかける。

「一つ、お願いがあるんすけど」

「なんだ？」

「俺《おれ》が今日、人を殺して逮捕《たいほ》とかされたら、俺は昨日《きのう》の時点で会社を首になってた事にしてくれって社長に伝えといて下さい」

「……」

言いたい事は山ほどあったが、トムは何も言わずに階段を下りていく静雄の背を見送った。

そして、暫《しばら》くマンションの通路から外の景色《けしき》を眺《なが》め——懐《ふところ》から出したタバコに火を点《つ》ける。

トムは愛用のタバコを大きく吸い込むと、煙と共に独《ひと》り言《ごと》を呟《つぶや》いた。

「今日は静雄は休みだって、社長に連絡しとかねえとな……」

♂♀

5月4日　昼前　池袋某所《いけぶくろぼう》　絵画販売画廊《がろう》
美麗《びれい》な壁紙に囲まれた空間に、無数の額縁《がくぶち》が飾られる清楚《せいそ》な空間。

その中に、ある意味で芸術からは遠い内容の声が響き渡る。

「……考えてみて下さい。毎日たった一本の缶《かん》コーヒー飲む程度の値段で、この名画が、ひいては貴方《あなた》の幸せが手に入るんですよ？　それって、人生の勝ち組になる第一歩だと思うんですよぉ」

営業スマイルの女の言葉に、顔に包帯《ほうたい》を巻いた青年は口元をデレつかせながら言葉を返す。

「うーん、でもねぇー。そんな大金使っちゃったら、彼女になんて言われるか」

「彼女さんだって、この絵が御客様の部屋に飾られてるの見たら凄《すご》いって言うと思いますよ？　絵との出会いっていうのは、運命の女の子との出会いと一緒なんですよ？　版画とはいえ、このカルナルド・シュトラスブルク氏の絵が出回るというのは滅多《めった》にない事なんです！」

どうやら絵画の販売を行っているようで、テーブルの横に運ばれてきた額の前で、客である青年にかれこれ一時間も営業を行っている。

しかし、当の青年は絵には殆《ほとん》ど眼《め》を向けず、販売員の女性の顔ばかりを見詰めていた。

「俺としては、絵よりもお姉《ねえ》さんの方が素晴《すば》らしいんだけどなあ」

「えー、私だったら、こんな絵を買っちゃう男の人って素敵《すてき》だなあと思いますよ？」

「本当に？」

「本当ですよ！　だって、夢に対してお金を払える人ってカッコイイじゃないですか！」

確かに、名の知れた画家の絵だが——シルクスクリーン、つまりは印刷物である廉価品《れんかひん》だ。

彼女はそれを『版画だ』と主張して、シリアルナンバー付きの貴重品《きちょうひん》であると主張している。実際は3万円以下で手に入る代物《しろもの》だが、女店員が呈示《ていじ》した値段は128万円。

カルナルド・シュトラスブルクの絵ならば、その値段を出せばシルクスクリーンなどではなく石版画《せきはんが》等の貴重品が手に入るのだが——販売員はその印刷物こそが貴重品であると言い張っている。

——しめしめ、もうすぐ落ちるな。

遠目にその様子を窺《うかが》っていた販売員のチーフである男は、男が間もなく絵を買うであろうと確信していた。

この後、もしもごねるようならば、『あんたのせいで時間を無駄《むだ》にしたんだから責任を取ってサインをしろ』と脅《おど》しに近い営業をかける。そういう手法を使用する所なのだが——

青年の反応は、そうしたマニュアル通りの展開に向かうにはあまりにも異質だった。

包帯《ほうたい》を巻いた青年は、チーフの男を見つけると、チョイチョイと手招きをし始めた。

上機嫌《じょうきげん》そうな青年の顔を見て、契約完了かとばかりにノコノコとテーブルに近づいてしまう販売チーフ。

「如何《いかが》なさいましたか、御客様」

「いやー、俺《おれ》は金なんて持って無いんだけどさ。この絵を買わないとさ、このお姉《ねえ》さんが困るっていうんだよ。だからさ、なんとかしてやる事にしたんだ」

「ええ、ええ、誠《まこと》にありがとうございます！」

ローンによる購入契約成立だと、にんまりと笑うチーフに対し、青年もまた、眼帯の下に笑顔を浮かべて口を開く。

「じゃあ、はい」

「はい？」

何かを出せとばかりに、手の平をこちらに向ける青年に、チーフは思わず首を傾げた。

契約書もボールペンもテーブルの上に既《すで》に置かれている。

これ以上何を出せばいいのだろう？

もしかして名刺《めいし》だろうかと考えていた所で——青年はさらりととんでもない事を口にした。

「128万円だってさ。現金がなきゃカードでもいいってよ」

「……は？」

相手の言葉の意味が理解できなかったチーフに、青年は淡々と言葉を紡《つむ》ぐ。

「いや、だからさ。このお姉さんが困るって言うんだよ。だけど、俺は金が無い。男なら困らせちゃ駄目《だめ》だろ？　そこで金を持ってそうなアンタだ。多分この画廊《がろう》のオーナーかなんかなんだろ？　こんなに高い絵を沢山《たくさん》買えるんだから、そりゃ当然金を持ってるよなあ」

「金ってのは女の為に使うもんだ。あんたも男だったら、このお姉《ねえ》さんの為に買ってやれよ、128万俺《おれ》に渡してくれれば、後は俺がなんとかすっから」

「あ、あの……」

「御客様、ご冗《じょう》談《だん》を」

表情を強ばらせて相手の顔を見るチーフだったが、次の瞬間《しゅんかん》、強ばった顔はそのまま凍《こお》り付く事となる。

「……あ？　……冗談？」

下から睨《ね》め上げてくる青年の顔は――鋭く、冷たく、どうしようもない程《ほど》に残酷《ざんこく》だった。

女と話していた時からは想像もつかない程に剣呑《けんのん》とした表情になった青年を見て、チーフの男は即座に確信する。

――ヤバイ、こいつ、堅気《かたぎ》じゃない。

「俺がいつ冗談言った？　俺がいつ手前《てめえ》を笑わせた？　あ？」

ゆっくりと立ち上がり、チーフの鼻先に顔を近づける青年。

女性店員はようやく事態を飲み込んだのか、顔を蒼白《そうはく》にして声を掛ける。

「あ、あの、御客様？」

その声にクルリと振り返り、青年は穏《おだ》やかな笑顔のまま親指を立てた。

「大丈夫《だいじょうぶ》ですよ、お姉さん、この人が買ってくれますから。さっきまでお姉さんが言った通りに、人生に余裕《よゆう》が出る上に女の子にきゃーきゃー言われるんだったら、金がある男なら絶対に買ってくれますよ！」

販売員のチーフらしき男は、『何故《なぜ》こんなのを呼びこんだ』という眼《め》で女を睨《にら》み付ける。

女販売員は泣きそうな眼で『呼び込んでないのに、勝手にナンパしてきてここまで入り込んで来たんです』と訴えるが、流石《さすが》に視線だけではそこまで細かい流れは伝わらない。

ところが——泣き顔になった彼女の顔を見た人物は、もう一人いた。

当然ながら、包帯《ほうたい》姿の青年だ。

「おい、オッサン」

「は、はい⁉」

「今、お前……彼女にガンつけたろ」

途轍《とてつ》もない怒気に満ちた青年を見て、普段は客を脅《おど》しに回る役目の筈《はず》のチーフが、逆に気圧《けお》されて後じさる。

「は……はあ……？」

「上司《じょうし》だかなんだか知らねえけどよ、俺みてえな粗忽者《そこつもの》を相手に一生懸命《いっしょうけんめい》仕事してたお姉さんを睨み付けるたあ、一体手前は何様だ？」

「ちょッ……いえ、あの、こちらの社内の事ですので、御客様とは無関係で……」

「関係ないなら、殴《なぐ》ろうが何しようが自由だよな？」

首をコキリと鳴らしながら一歩踏み出す青年。

「ちょ、け、警察を呼びま――」

そう呟《つぶや》きながら、『あれ、警察来る前に俺《おれ》死ぬ？』という結論がチーフの脳内に滲《にじ》み出た。

変な客の相手は割と慣れているつもりだったが、目の前の青年の雰囲気《ふんいき》はこれまで体験したものと何やらレベルが違うように思えた。

そして、青年が何かをしようと深く身をかがめた瞬間《しゅんかん》――

当の青年の胸元から、携帯電話の着信音が鳴り響いた。

「……」

青年は動きを止め、胸元から取り出した電話を耳元に持って行く。

「俺だ。……そうか。今どこだ？　あ？　……んだよ。このビルの目の前じゃねえか。いいや、お前ら全員で入ってこい。ここに女心が解《わか》らねえ舐《な》めた野郎《やろう》が……あ？　……ちッ……。解ったよ。今すぐに出て行くわ」

電話を切り、包帯《ほうたい》と眼帯に包まれた青年は、チーフを睨《にら》み付けながら呟《つぶや》いた。

「今度、ちゃんと手前《てめえ》が彼女に絵を買ってやったか確認に来るからな……」

池袋《いけぶくろ》某所《ぼう》　画廊《がろう》ビル前

「で、ダラーズの奴《やつ》を見つけたって?」

画廊から出てきた青年——六条千景《ろくじようちかげ》は、To羅丸《とらまる》の仲間である男に問いかける。

革《かわ》ジャン姿の男は、ウス、と小さく呟《つぶや》き、自分が得た情報を口にした。

「ダラーズの中では有名な奴で、遊馬崎《ゆまさき》ウォーカーとかいうハーフの奴らしいんすけど」

「妙《みよう》な名前だな。今どこにいる?」

「それがその……」

革ジャンの男は一瞬《いっしゆん》言い淀《よど》み、顎《あご》を僅《わず》かに上げて、目の前の画廊を指し示した。

「千景さんが出てくるちょっと前に、女に勧誘されてそのビルの中に入っていきました」

♂♀

画廊内

――死ぬかと思った……。

男の退店に胸をなで下ろすチーフの耳に、先刻とは別の客の声が響き渡る。

通常の営業的な会話ではなく、やはり何かトラブルが起こっているようだ。

――今度は何だ。

スージー安田《やすだ》という著名な女流イラストレーターの絵の前で、青年の熱弁が響き渡る。

「だってこれ、シルクスクリーンだから、このサイズなら額《がく》を入れても原価大体2万4000円っすよね？　俺《おれ》はこのイラストレーターさん尊敬してるから、この作者さんに100万円払うのは惜しくないっすよ？　ただ、それならせめて80万円はそのイラストレーターさんの手元に入るという証明が無いと納得できないっすよ」

「え、ええと、あの……」

「そもそも、この原画は元々シルクスクリーン用に作られたものじゃないっすよ。それをシリアルナンバー付きで、さも印刷用に作りましたみたいな形で売るなんて、この絵の本当の価値を損《そこ》なうものっす。スージーさんは本当に印刷販売を許可したんすか？　これ？　そもそも、貴方《あなた》の解説には穴が多すぎっす！　スージーさんの魅力《みりょく》を一％も引き出してないっすよ！　スージーさんの幻想をぶち壊《こわ》しっす！　どこのレベル0能力者っすかアンタ！　いいっすか、まず、スージーさんのイラストの起源は……」

「ち、チーフぅ!」

助けを求める店員の視線に、何事かと駆《か》け寄ると――

西洋人とのハーフと思しき糸目の青年の姿を確認し、チーフの男は頭を抱《かか》えて大きく声を張り上げた。

「御客様、また貴方《あなた》ですか! 出て行って下さい!」

口八丁《くちはっちょう》で青年を追い出した後、チーフは厳《きび》しい口調で勧誘《かんゆう》係の女に忠告する。

「君は新人だから知らんだろうけど、あのハーフの客は、要注意人物だから声かけなくていいから! 確かにいいカモみたいな雰囲気《ふんいき》だけど!」

「は、はい」

立て続けのトラブルに胃を抱《かか》えながら、悪徳販売員のチーフは疲れ切った顔で呟《つぶや》いた。

「この商売……辞《や》めようかなもう……」

「始めたばかりの頃はバーテン服の奴《やつ》に店を全壊《ぜんかい》させられたし……粟楠《あわくす》会の連中は絵の原版をこっちに寄越せとか平気で無茶言ってくるし……」

♂♀

販売チーフの男が胃に痛みを感じ始めた頃、六条千景《ろくじようちかげ》はビルから出てきた遊馬崎《ゆまさき》の後を付け始めていた。

「……あいつが？　それっぽくねえな」

「ダラーズっていうのはそういう集まりらしいっすからね。外見からじゃ判断のしようがないんすよ。……先月、池袋《いけぶくろ》で暴れたうちの連中の何人かは、あいつの仲間の門田《かどた》って野郎《やろう》にやられたみたいです。その門田って野郎が、ダラーズの中でも結構顔役みたいな感じになってるらしいっすよ」

「ほう……」

そう言いながら、千景は相手の姿を観察していたのだが――

遊馬崎という名の男に、黒い服を纏《まと》った女が声をかけた。

その横にはニット帽《ぼう》を被《かぶ》った精悍《せいかん》な顔つきの男がおり、遊馬崎に対して親しげに話しかけている。

「あ、あいつです！　あのニット帽の奴《やつ》が門田って奴ですよ」

「……女連れか。今は止《や》めとくか。様子を見るぞ」

「ウス」

そのまま暫《しばら》く、サンシャイン通りの辺りを歩いていたダラーズメンバーと思しき三人組だったが――東急ハンズの前まで着た所で、門田が遊馬崎と女に何かを語りかけ、そのまま二人から離れて単独で歩き出した。

遊馬崎達はそのまま信号を渡ってサンシャインシティの方角に向かったが、門田は一人、首都高下の大通りに沿って南下する。

「あとは俺《おれ》一人でいい。お前は他《ほか》の連中と合流しろ」

「でも」

「いいから行け」

「ウス」

チームの仲間を移動させ、自分一人で門田を尾行する千景。

だが、暫《しばら》く歩いた所で、横にある建物が目にとまる。

その時点で足をピタリと止め、一瞬《いっしゅん》とはいえ門田の尾行を忘れる千景。

「……こんな……池袋《いけぶくろ》の町中《まちなか》に女子校だと……!?」

来良《らいら》学園のすぐ側《そば》にある某《ぼう》女子学園の建物を前に、数十秒の間立ち止まってしまうTo羅丸《とらまる》のリーダー。

連休中の為、パッと見た感じでは周囲に女子高生の姿は見あたらない。

──だが、期待せずには……。

──って、それどころじゃねえ。

ハッと我に返り、いかんいかんと首を振った所で──

「……俺達《おれ》に、なんか用か？」

と、冷めた調子の声が自分の背後から掛けられた。

「……」

千景《ちかげ》が振り返ると、そこには自分が尾行していた筈《はず》の、ニット帽《ぼう》の男が立っていた。

「へえ、俺が後をつけてたのに気付いてたのか」

「ああ。……流石《さすが》にアンタが女子校の前で止まっちまった時にゃ、自分の勘が鈍《にぶ》ったかと思ったけどな」

門田《かどた》はコキリと首を鳴らし、溜息《ためいき》を吐《つ》きながら千景に向かって問いかける。

「で、あんたは？　見たところ初めて会うと思うが、とりあえず女連れの方を狙《ねら》うようなクズじゃなくて安心したぜ」

「俺の名前は六条《ろくじよう》千景。……あんたとは、少し気が合いそうだな」

千景はニヤリと口元を歪《ゆが》め、続いて、少し寂《さび》しそうに首を振った。

「だけどよ……あんた、ダラーズなんだろ？」

「……まあ、そういう事になるかな」

「残念だ。平和島静雄《へいわじましずお》もダラーズってウワサをさっき聞いたが、そりゃマジか？」

確認するような問いかけに、門田は正直に言葉を返す。

「……一応そういう事になってるが、あいつ自身にチームとかそういう自覚は殆《ほとん》どねぇよ」

「ああ、ま、そういうタイプだわな。……なるほど、手前《てめ》らも一枚岩じゃねえって事か」

「？」

「……ま、それでも、俺らにゃ関係ないけどな」

丁度《ちょうど》そのタイミングに合わせたかのように、門田の携帯が鳴り響いた。

「出ていいぜ。待っててやるよ」

「メールだ」

門田はそう言いつつ、相手を警戒《けいかい》したまま携帯の画面に眼《め》を向けた。

今の着信音は『ダラーズ』に関するメールの筈《はず》だ。目の前の男と何か関係があるのかもしれぬと、手早くメールを展開する。

「……」

門田は内容に一瞬《いっしゅん》眉《まゆ》を顰《ひそ》め、続いて、目の前に立つ千景を睨《にら》み付けた。

「どうした？」

「……てめえ」

携帯の画面に表示されたものは――

池袋の各地でダラーズが襲撃されているという、緊急の警告メールだった。

「いや……手前《てめえ》ら、一体何しに来たんだよ」

門田《かどた》の表情に緊張《きんちょう》と怒気が入り交じった感情が浮かび上がり、目の前の男を鋭く睨《にら》む。

一方の千景《ちかげ》は、その眼光を正面から受け止め、肩《かた》を竦《すく》めながら呟《つぶや》いた。

「なに、売られた喧嘩《けんか》の代金を払いに来ただけさ」

「釣《つ》りはいらねえから、存分に受け取ってくれや」

♂♀

同時刻　廃工場　内部

青葉《あおば》から衝撃《しょうげき》の告白を受けた帝人《みかど》が、ブルースクウェアという単語を記憶《きおく》の隅《すみ》から引き出そうとしていると――

突如《とつじょ》として、帝人の携帯電話からメールの着信音が響き渡った。

それとほぼ同時に、周囲にいた少年達の携帯電話も一斉《いっせい》に着信音やバイブ音を響かせる。

――――！

自分の着信音がダラーズからの専用音だった事から、帝人は改めて一つの事実を確認した。

――やっぱり……。

――この子達も、みんなダラーズなんだ……。

一つの場所に集まった集団。一斉に響く着信音。

規模は全く違うが、帝人は一年前のとある光景を思い出し、ますます心が掻《か》き乱された。

だが、そんな帝人に追い打ちを掛けるように――

メールの内容は、ダラーズのメンバーが襲撃《しゅうげき》されているという、衝撃的なものだった。


「始まったみたいっすね」

同じ内容のメールが届いた携帯を確認しつつ、青葉は爽《さわ》やかな笑みを崩《くず》さずに呟《つぶや》いた。

「始まったって……何が……」

「埼玉《さいたま》の連中……Ｔｏ羅丸《とらまる》の意趣《いしゅ》返しですよ」

あっさりと答える青葉の声に、帝人の視界がグニャリと歪《ゆが》む。

――これは……現実なのか？

目の前にいる少年は、本当にあの、学校で無邪気《むじゃき》な笑みを浮かべる少年なのだろうか。

確かに、今も青葉はあどけない微笑《ほほえ》みを浮かべている。

だが、どうしても青葉《あおば》の口から吐《は》き出される言葉が、帝人《みかど》の知る『現実』と繋《つな》がらない。

「どうして……埼玉《さいたま》の人達を襲《おそ》うなんて……そんな事を……」

「あいつらのせいで、俺《おれ》と帝人先輩《せんぱい》や杏里《あんり》先輩との池袋《いけぶくろ》ツアーが台無しになったから、その腹いせ……っていうんじゃ駄目《だめ》ですか？」

「……」

絶句したまま、帝人は大きく唾《つば》を飲み込んだ。

恐らく、その方面では相手の本音を引き出せない。

即座にそう判断した帝人は、左手で携帯電話を握《にぎ》りしめたまま、青葉に『対話』を試みる。

「ブルースクウェア……聞いたことがあるよ……。確か昔……この辺りにいたカラーギャングで……黄巾賊《こうきんぞく》と抗争して揉《も》めた後に、何人かはそのまま黄巾賊に吸収された……って聞いてる」

帝人の言葉に、少年達の何人かはヒュウ、と口笛《くちぶえ》を吹き、青葉でさえ少し驚いたように眼《め》を輝かせた
「……想像以上に御存知《ごぞんじ》なんですね。流石《さすが》ですよ先輩！」

「どうして僕に、僕なんかにそんな……そんな事を告白したんだい？」

「先輩を信用してるから、それじゃ駄目《だめ》ですか？」

「答えになってないよ……僕をどうしようっていうんだ？」

相手の意図が全く読めず、帝人の混乱は深まる一方だ。

「そうですね、俺達の事を詳《くわ》しく知って貰《もら》ってからの方が良かったんですけど……先に、お願いだけしておくのもありですよね」

鉄骨に座ったまま、青葉は静かに帝人を見上げ、眼を輝かせながら呟《つぶや》いた。

「リーダー……」

「え……？」

「ダラーズのリーダーになれとは言いませんよ。それはダラーズの理念を壊《こわ》すものですから」

クスクスと笑う。

クスクスと嗤《わら》う。

何が楽しいのか、青葉の言葉に合わせて周囲の少年達も哄笑《こうしょう》を漏《も》らし、それが一定のリズムとなって工場の中に響き渡る。

そのリズムに合わせて詩吟《しぎん》を嗜《たしな》むように、青葉の言葉は工場の空気の中に見事に溶《と》け込み、帝人の心を揺さぶり続けた。

「……だから、貴方《あなた》には、俺たちブルースクウェアのリーダーになって欲しいんですよ」

「え……」

「俺達は、基本的に従いますよ」

話が飛びすぎている。

帝人にはそうとしか感じられなかった。

突然『君は明日《あした》からアラブの王様になってくれ』と言われたような気分であり、遊馬崎《ゆまさき》達が聞いたらどこの漫画の話だと言われるかもしれない。

それ程《ほど》までに、青葉《あおば》達の提案は帝人《みかど》にとって突拍子《とっぴょうし》もないものだった。

「何で……僕にそんな」

「んー、色々ありますけど、やっぱり先輩《せんぱい》がダラーズの中で特別な位置にいるからですかね」

「特別な位置……？」

ロボットのように問い返す帝人に、青葉は丁寧《ていねい》に説明を返す。

「早い話、先輩が、ダラーズの創始者だからです」

「……………………………ッ！」

「驚きましたか？　俺《おれ》達も、それなりの情報網は持ってるって事ですよ」

絶句するダラーズ創始者を前に、青葉は怯《ひる》む様子も見せず、さりとて見下《みくだ》した様子も無く、淡々と自分の意思を言葉に変える。

「先輩は、僕達を自由に使っていいんですよ。……もしも先輩がこの抗争を終わらせたくて、俺達全員に『Ｔｏ羅丸《とらまる》の連中に土下座《どげざ》してボコられろ』って言うんだったら……それも仕方ないですね。受け入れますよ。代わりに俺達が無事に生きて退院できたら、その時は本当に貴方《あなた》は俺達のリーダーです。……逆に、俺達に『ダラーズの仲間達を護《まも》る為に、池袋《いけぶくろ》で暴れてるＴｏ羅丸の連中を潰《つぶ》せ』っていうなら、俺達はどんな手を使ってでも潰しますよ」

「そんな事……どっちも……どっちだろうと！　できるわけないだろ！」

頭を激しく振りながら、強い調子で青葉に自分の言葉を叩《たた》きつける帝人。

「どうして、僕がそんな事を引き受けるなんて考えられるんだよ……。抗争を避《さ》けたいなら、自分がダラーズだって事を黙《だま》っていればいいだけだろ。僕はそういうタイプの人間だよ。とても君達の上に立つような人間じゃない！」

本音の叫びだった。

少なくとも、帝人自身はそのつもりで叫んでいた。

だが、帝人の叫びを聞くと――青葉はゆっくりと立ち上がり、帝人に顔を近づけてる。

そして、帝人にしか聞こえないような小声で言葉を紡《つむ》ぐ。

「……そんな事ないですよ」

楽しそうに、楽しそうに――

「だって先輩……」

「え……？」

「帝人先輩、今……


――――――――――――笑、っ、て、る、じゃ、な、い、で、す、か、」

♂♀

同時刻　廃工場　敷地内

関係者以外誰もいない空間での駆《か》け引き。

この後に帝人《みかど》がどのような選択をしようと、それを他人が知る事は無い筈《はず》だった。

だが——その話は、第三者によってリアルタイムで傍聴《ぼうちょう》されていたのだ。

もっとも、大きな括《くく》りで言えば関係者であるとも言えるのだが。


——えーと。

セルティ・ストゥルルソンは、廃工場の建物の外——内部から見れば窓の影に隠《かく》れながら、静かに思う。

——……なに、この状況。

工場の中の会話は、セルティの聴覚でハッキリと聞き取れている。

何やら不良少年達特有の焦臭《こげくさ》い話だが、話の中心は知り合いの少年だ。

——何だか私、割と帝人君の人生の重要な岐路《きろ》を目撃《もくげき》しちゃってる？

実際の所——彼女は別に、帝人達の後を付けてきたわけでもなんでもない。

昨晩《さくばん》、セルティが新羅《しんら》のマンションに戻ったのはほんの数分間だけだった。

家に帰ると、何故《なぜ》か静雄《しずお》とその上司《じょうし》が居た事に驚いたが、セルティは杏里《あんり》を泊めてやってくれと新羅に手早く事情を説明し、すぐにマンションを出てしまったのだ。

理由は簡単。

粟楠《あわくす》会の組長の孫《まご》だという、写真の少女を探すためだ。

四木《しき》の話では、少女は24時間営業の漫画喫茶《きっさ》やファミレスを転々としているようだ。

少女が一人で深夜のレストランに居て通報されないのだろうかとも思うが、ファミレスで生活する為に、何やら特殊なコツがあるようだ。

シャワーはどうするのだろうと思ったが、実際に漫画喫茶を覗《のぞ》いてみて（フルフェイスヘルメットについては流石《さすが》に変な顔をされたり注意されたりしたが）、最近の漫画喫茶はシャワーなども完備されているのを知って驚いた。

他にも、学校の友人の家やネットで知り合った知人の家などを転々としており、四木達の情報網にも中々引っかからないらしい。

四木達も『見つかり次第連絡する』とは言っていたが、実際にあんな凶悪《きょうあく》な武器を持った連中が動いていると知った以上、会ったこともない少女の命が心配になり、居ても立ってもいられなくなってしまったのだ。

そして、彼女は一晩中夜の池袋《いけぶくろ》を巡《めぐ》って回った。

自分の家の中に、当の少女が居たという事に気付かぬまま。

結局朝までファミレスを巡ったのだが、写真の少女は見つからず——先にあの襲撃者《しゅうげき》達の正体を探ろうと、黒い糸を辿《たど》ってこの廃工場にたどり着いたのだ。

——しかし……本当に何キロメートルでも延ばせるんだなあ、私の影……。

全く糸が途切《とぎ》れていなかったのを見て、自分自身の能力に改めて驚くセルティ。細く延ばされた影は地面に落ちると同時に本物の影と同じようになっており、絡《から》まる事も誰かの足を引っかけてしまう事もない。

セルティの意思によって液体のようにも気体のようにも蠢《うごめ》かせる事ができる為、例えば一つのビルの周りを百周していようが、ものの数秒でセルティの手元に戻す事ができる。

——なんだか、未来から来たネコ型ロボットの気分だ。まあ、それは後で考えよう。

反則とも言える性能の『影』のことは棚《たな》に上げ、現在の状況に眼《め》を向けた。

——ていうか、なんだか私も、割とこの廃工場に縁《えん》があるな。

そんな事をぼんやりと考えつつ、セルティはどうしたものかと思案を巡らせる。

果たして帝人《みかど》がどのような選択《せんたく》をするのか興味はあるが、自分はそれをここで聞いていてよいのだろうか？

何やら物凄《ものすご》い罪悪感のような物を感じるも、セルティはその場から動く事もできずに中の話を聞き続けた。

そんな彼女自身の姿もまた、他者によって監視《かんし》されていたのだが。

♂♀

同時刻　露西亜寿司《ろしあずし》　店内

『で、なんだって』

『例の二人が池袋周辺に入った形跡《けいせき》があります。あなた方にも伝えておくべきかと』

紡《つむ》がれるのは、ロシア語による会話。

昔なじみの来訪者であるエゴールの言葉に、寿司屋の店長は仏頂面《ぶっちょうづら》で問いかける。

『……俺《おれ》らの知らない奴《やつ》って、お前こないだ言ってたよな』

『はい』

『そのスローンって奴の事は確かに知らんが、もう一人のヴァローナってのは、あのドラコンの旦那《だんな》の嬢《じょう》ちゃんなんだろ？』

『貴方《あなた》の知らない二人という言葉に間違いはありません。……彼女は、もうデニスさんが知っている少女ではありません』

サイモンは昼の客引きに出向いており、開店直前の店内にいるのはエゴールと店長《デニス》の二人だけだ。

『どう変わろうが、嬢ちゃんは嬢ちゃんだ。リンギーリン大佐《たいさ》だってそう言うだろうよ』

『それは、まあ……リンギーリンさんの性格を基準に考えればそうなんですが……』

無関心を装う店長に対し、エゴールは溜息《ためいき》混じりに言葉を紡《つむ》ぐ。

『夕べ、何か音を聞きませんでしたか？』

『……どっか遠くから、対物《アンチマテリアル》用ライフルっぽい音が一回聞こえたな』

『私も聞きました。恐らくは、ヴァローナ達でしょう。そして、っぽい、ではなく、確実に我が社から持ち出された対物用ライフルです』

『……』

沈黙《ちんもく》したまま包丁《ほうちょう》を研《と》ぐ店長に、エゴールは顔面に巻いた包帯《ほうたい》をさすりながら、真剣な表情で一つの結論を吐《は》き出した。

『早く彼女を止めないと、誰の為にもなりません。ヴァローナの為にも、ドラコンさんの為にも、この東京《とうきょう》という街の為にも。もちろん……この街を愛する貴方《あなた》自身の為にもね』

♂♀

同時刻　廃工場側のビル　屋上

「使用されていない廃工場。その情報、誤りでした。彼《か》の場所、不良少年達のたまり場」

「あの黒バイク、なんかその子供達から身を隠《かく》してるみたいだが……狙撃《そげき》するか？」

スコープを覗《のぞ》きながら尋ねるスローンに、ヴァローナは静かに首を振る。

「昨日《きのう》の狙撃から生存。本格的に怪物。下手《へた》に狙撃してこちらの位置知れる。致命傷」

ヴァローナとスローンは、工場からある程度離れたビルの屋上に待機《たいき》していた。

工場の大部分が見渡せる場所から、黒い糸を辿《たど》ってやって来たセルティを観察し続ける二人。

相手の居場所を突き止めるだけならば、黒い糸を逆に辿るという手もあるのだが——当然ながら敵対中《てきたいちゅう》の身であり、こちらから糸を手繰《たぐ》っている間に相手の真正面にぶち当たっては元も子もない。

そこで、敢《あ》えてバイクを廃工場の中に置いて、謎《なぞ》のライダーを誘い出したのだが——

ライダーが現れた直後に妙《みょう》な少年達が工場に現れ、黒ライダーは彼らから隠《かく》れるように、廃工場の窓の外に屈《かが》み込んでいる。

もっとも、その姿はヴァローナ達の位置からは丸見えだったのだが。

暫《しばら》く観察を続けていたヴァローナは、大きく息を吸い込み、無表情のまま呟《つぶや》いた。

「あの怪物を尾行します。ターゲットの子供、その先に存在するかもしれません」

そんなヴァローナに対して、スローンは溜息《ためいき》を吐《つ》き、一言。

「楽しそうだな、ヴァローナ」

「肯定《こうてい》です。楽しくなってきました」

ヴァローナは、父親譲《ゆず》りの無表情を僅《わず》かに歪《ゆが》ませ、歪んだ愛の言葉を呟いた。

「池袋《いけぶくろ》、好きです。半分失望、半分嫉妬《しっと》。ちょっぴり希望。それ、即《すなわ》ち愛です」


「私は、池袋を愛する事に決めました。肯定です」

♂♀

同時刻　池袋某所《ぼう》　オフィスビル

「あの野郎《やろう》……二度と池袋に来るなっつったのによ……」

繁華街《はんかがい》からは大分離れたオフィスビルを登りながら、静雄《しずお》は怒りに満ちた言葉を紡《つむ》ぎ出す。

「いけしゃあしゃあと、こんな所に事務所かまえやがって……」

階段を登って三階にまで辿《たど》り着き、眼《め》の前に現れた一つのオフィスに眼を向ける。

張り紙にあった住所の場所は、どうやらここで間違い無いようだ。特に看板《かんばん》も何も掲げられていないが、このオフィスビルには他に物件は入っていない。

──とりあえず、客のフリしてドアを開けさせるか。

そう考え、オフィスの扉《とびら》をノックする。

「……」

返事がない。

横にチャイムのような物を見つけたので、それを押してみるが──やはり反応はない。

留守《るす》かとも考えたが、耳を澄《す》ましてみると、中からはテレビかラジオの音が聞こえて来る。

──居　留　守　と　は　舐《な》　め　や　が　っ　て　あ　の　や　ろ　う。

静雄は怒りに身を任せ、ドアをこじ開けようと思い切りドアノブを摑《つか》んだのだが──

──あ？

ドアに鍵《かぎ》など掛かっておらず、扉はなんの抵抗もなく開け広げられた。

──なんだよ、開いてるじゃねえか。

静雄は掌《てのひら》の形に変形したドアノブから手を離すと、苛立《いらだ》ちを隠《かく》さずにオフィスの中に押し入った。

オフィスは数ヶ所の区画に分かれているようで、最初の部屋には本棚が壁に並び、無数の資料などが陳列《ちんれつ》されていた。

――……情報屋ってのは、こんなオフィスなのか？

何か違和感を感じつつも、静雄《しずお》は仇敵《きゅうてき》の姿を探して奥の部屋へと足を運ぶ。

そして、彼がそこで見た物は――


「……」

「…………」

「……………あ？」


『それ』を見てから、果たして何秒ぐらいが経過したのだろうか。

静雄は最初、目の前の景色《けしき》の意味が解《わか》らなかった。

それは極々《ごくごく》単純な光景で、当事者以外が客観的に見たのならば、瞬時《しゅんじ》にどういう状況なのか理解できるのだろうが――

当事者にとって、それは非常に理解しがたい光景だった。

彼の目の前に「あった」のは、カッチリとした背広を纏《まと》った、三つの肉塊。

一つは、点《つ》けっぱなしとなったテレビの前に。

一つは、椅子《いす》にもたれかかる形で。

一つは、部屋と部屋を仕切る薄《うす》い壁にめり込む形で存在していた。

そのどれもが、既《すで》に『お終《しま》いである』と気付かせるには充分なものだった。

テレビの前のものは、顔面が半分拉《ひしゃ》げており――

椅子にもたれたものは、首が一八〇度後ろを向き――

壁にめり込んでいるものは、背骨が体幹《たいかん》ごとあり得ない方向に折れ曲がっていた。

共通点として解《わか》る事は、とりあえず一つ。

どうやらこの三人は、素手《すで》かそれに準ずるもので殺されたものと思われる。

「…………」

死体を見るのは、久しぶりだった。

静雄《しずお》には殺人履歴《りれき》こそないが、過去に関わったいくつかの事件で、高校時代から何度か死体を眼《め》にした事はある。

そうでなければ、静雄といえども吐《は》き気《け》を催《もよお》していたかもしれない。それ程《ほど》までに凄惨《せいさん》な現場だった。

どのぐらいその場に立ち止まっていたのだろうか。

――おいおい。勘弁《かんべん》しろよ。

――なんで、臨也《いざや》の事務所に死体があるんだ？

静雄の中で驚きは疑問に代わり、疑問は新たな疑問を呼び込んだ。

――……つーか、ここ、マジで臨也の事務所なのか……？

そんな事を考えていた所で、背後から怒声が聞こえてきた。

「なんだ手前《てめえ》！　何勝手に中に入っ……て……」

静雄が振り返ると、そこにはスキンヘッドの若者が一人立っている。

それなりに強面《こわもて》の外観をしているが、静雄の事を知っているのか、こちらの顔を見て明らかに動揺の色を見せている。
スキンヘッドの男は、静雄に続いて、彼の周囲にある肉塊《にくかい》に視線を移し――
眼を見開き、口を金魚のようにパクつかせ始めた。
「お、お、おま、て、てめ、てめ……て……てめぇ……」
背後にあった壁に手をつけ、狼狽《ろうばい》しながら入口近くの部屋に逃げていく男。
何かを伝えるヒマも無かった。
静雄はフム、と顎《あご》に手を当てて考え――
自分が、これでもかという程ストレートにハメられたという事に気が付いた。

それから十数秒の間をおいて――スキンヘッドの男は拳銃《けんじゆう》を持って戻り、眼《め》に恐怖の色を浮かべながら静雄の姿を探し始める。
だが――そこには既《すで》に静雄の姿は無く、三階の窓から噴《ふ》きすさぶ風の音だけがオフィスの中に響いていた。

更《さら》に数秒後――
部屋の中には、スキンヘッドの男が受話器に向かって怒鳴《どな》る声が響き渡る。

「静雄《しずお》……平和島静雄《へいわじま》だ！　間違いねぇ！　今すぐに四木の旦那に連絡しろ！」

「あの小僧《こぞう》……うちの事務所の連中を三人も殺《や》りやがった……ッ！」

そして、平和島静雄の『日常』と、静かに生きるという『希望』は――

今日この瞬間《しゅんかん》、完全に息絶える結果となった。

♂♀

5月4日　昼　池袋《いけぶくろ》駅東口地下　いけふくろう前

「大丈夫《だいじょうぶ》ですよ。これから来る人は――とても優しい人ですから」

杏里《あんり》の落ちついた声に対し、彼女を見上げながらアカネがコクリと頷《うなず》いた。

結局、アカネの熱はすっかり下がっており、静雄がどこかにいなくなった事で、精神的なストレスもなくなったようだ。

新羅《しんら》が「もう大丈夫だと思うよ」と言った事もあり、杏里は怯《おび》える少女をなんとか元気づけようと、こうして外に連れ出す事にしたのだ。

少女が逃げ出す可能性もあったが、少女自身が『……あの、静雄って人が戻って来たら、ちゃんと話を聞いてみる』と呟《つぶや》いたので、杏里はそれを信じる事にした。

それに——折原臨也《おりはらいざや》の名前が出てきた事は、杏里にとっても気がかりだった。

杏里と臨也は、かつて対峙《たいじ》したことがあり、杏里というよりも『罪歌《さいか》』にとっては明確な敵《てき》でもある。

また、自分自身も昨日《きのう》狙《ねら》われたばかりという事もあり、少女の『父と祖父《そふ》が殺される』という言葉が放っておけなかった事もある。

新羅は『んー、外に出るのは危ないんじゃないかな？』と言っていたが、まさか昼間から、この池袋の人混みの中で襲ってきたりはしないだろうという思いもあった。

帝人《みかど》達との約束もあると告げると、新羅は、

『じゃあ、セルティに後で連絡しておくよ。仕事の時間が空き次第、君達の所に向かって貰《もら》うよ。静雄が居ればあいつにボディーガードさせたんだけどね、はは』

と、冗談《じょうだんま》交じりに呟《つぶや》いて部屋から出る事を許可してくれた。

しかし、今考えてみると確かに浅はかだったような気がする。

もしも昨日の暴漢《ぼうかん》達が、人前でも構わぬと襲ってきたら——一緒にいるアカネにまで被害が及ぶかもしれない。

そんな不安を抱《いだ》きながら、杏里《あんり》は待ち続ける。

自分に日常という安堵感《あんどかん》を与えてくれる、帝人《みかど》や青葉《あおば》達が一刻も早くこの場所に来る事を。


彼女は、まだ知らないのだ。

池袋《いけぶくろ》の――特に、彼女達を取り巻く日常は、既《すで》に壊《こわ》れてしまったのだという事を。

そして、自分達が、その壊れた街の中に足を踏み入れてしまっているという事も――。

園原《そのはら》杏里は、未だに気付く事ができなかった。

♂♀

池袋某《ぼう》所　暗い何処《どこ》か

折原臨也《おりはらいざや》の携帯電話にも、ダラーズが襲撃《しゅうげき》されているというメールは届いていた。

それだけではない。

彼が子飼《が》いにしている複数の『情報源』から、同じような内容の連絡がひっきりなしに届いている。時折、全く違う類《たぐい》の情報も交えながら。

臨也はそうした情報に平等に眼《め》を通し、暗闇《くらやみ》の中で独《ひと》り言《ごと》を呟《つぶや》いた。

「ブルースクウェアの小僧《こぞう》っ子どもめ。途中《とちゆう》までは、目的は一緒って所かな？」

楽しみ半分、苛立《いらだ》ち半分といった顔で、一人の少年の顔を思い浮かべる。

「いいよ。考えてみれば、黒沼《くろぬま》青葉も可愛《かわい》い来良《らいら》の後輩《こうはい》だからね。その挑戦《ちようせん》……受けて立とうじゃないか」

携帯電話を操作しながら彼が語りかけるのは、周囲の暗闇《くらやみ》か、あるいは自分自身なのか。

「ここから先は、正々堂々と裏を掻《か》く、正真正銘《しようしんしようめい》の潰《つぶ》し合いだ」

何ヶ所かにメールを送信し終えると、臨也は暗闇の中にあったノブに手をかける。

「なに、同じダラーズって海の中の忌《い》み子同士……」

扉《とびら》が開かれると、正午近くの日差しが彼の目に飛び込んだ。

眩《まぶ》しくて仕方ないのか、そんな太陽を忌々《いまいま》しげに見上げながら——

「仲良く、共食いしようじゃないか」

折原臨也は、嗤《わら》っていた。

黒沼青葉達の事を、彼がどれほど詳《くわ》しく知っているのかは解《わか》らない。

彼らを潰す算段があるのか、それとも負けて潰されても本望だとでもいうつもりか——

臨也《いざや》の笑顔はどこまでも人間らしく、それ故に、逆に人間として不自然であると感じられた。

そして、彼の嗤《わら》い声を皮切りとして——

歪《ゆが》んだ物語が、再び幕を開けようとしていた。

デュラララ!!

PRESENTED BY 成田良悟

CAST

セルティ・ストゥルルソン
岸谷新羅

竜ヶ峰帝人
園原杏里
紀田正臣

折原臨也
平和島静雄

粟楠茜
六条千景

黒沼青葉
折原九瑠璃
折原舞流

遊馬崎ウォーカー
狩沢絵理華
門田京平

矢霧波江
四木
田中トム

ヴァローナ
スローン
リンギーリン・ドグラニコフ
ドラコン
デニス
サイモン・プレジネフ

STAFF

イラスト＆本文デザイン　ヤスダスズヒト（AWA STUDIO）
装丁　鎌部善彦
編集　鈴木Sue
和田敦
発行　株式会社アスキー・メディアワークス
発売　株式会社角川書店

# あとがき

どうも、お久しぶりです。成田です。

というわけで、『デュラララ!!』も皆さんのおかげで無事に5巻を発売する事となりました。

……が、すいません、今回は前後編です。今までとちょっと趣向を変えて、大人のキャラクター達もなにやら色々動いていますが、基本的に池袋の町に渦巻く愛の物語です。多分。

相変わらず出番の少ないキャラがいますが、今回の後編である6巻が終われば、次の七巻では波江と誠二、美香の三人をメインにした昼ドラみたいな愛憎劇を書く予定です。望んでいる人がいるのか解りませんが波江ファンは多いと信じたい今日この頃。

ともあれ——後半はできるだけ早くお届けしたい所存ですが、ちと気管支炎などで本気で体を壊したので体を休めつつ修羅場を続けて行きたいです。というか修羅場で運動不足になっているのもよくないです。wiiフィットやらなきゃ。


とまあ、心身共にかなり疲弊していたその時、成田良悟に電流走る——!

そう、漫画化です!

スクウェア・エニックスさんの月刊『Gファンタジー』2009年4月18日発売号より、『デュラララ!!』の連載が開始されます！　漫画家、茶鳥木明代さんの手によって『デュラララ!!』の世界に新しい息吹が吹き込まれようとしています！

というか、漫画化の話を聞いた時から、こっそり『……チャットシーンとか漫画でどうするんだろう……？』と思っていたのですが、その辺りがどうなるのか私も今から楽しみです。というか本当にビジュアル化には辛い原作ですよ……！　話を進めて下さったスクウェア・エニックスの編集の熊さんに感謝することしきりです。

まだどんな漫画になるのか、その実態は私にも解りません。

漫画という媒体でどのように池袋の世界が広げられるのか、一読者として私も非常に楽しみです……！

ともあれ、心は持ち直しましたが体にガタが来ていた私は、原稿を終えた後に数日間の休暇を満喫しました。

数日余裕ができた休暇を用いて、ある作家さん達（〆切前の人がいたような気がするので名前は伏す）と三枝さんの家にお邪魔して、徹夜でボードゲーム大会に参加したりしました。というか三枝さんの部屋を見た時に、壁一面が国内海外様々なボードゲームに埋め尽くされていて思わず悲鳴をあげました。ゲーマーって恐ろしい。

その数日後には友人と時雨沢さんの新居にお邪魔して、持ち込んだ「フォールアウト３」や「テストドライブ」をやったり、録画された「天体戦士サンレッド」を一気見したり「とらドラ！」の最新話を見たりしてきました。現実では安全運転の鬼である時雨沢さんが「テストドライブ」でハワイを暴走したりするのを見ながら、畳みたいな大画面のテレビを前にみんなでワイワイ楽しんでました。

…………。あれ、あんまり体を休めたという気がしない……!?

ともあれ、休みも終わり再び修羅場です。

現在発売中の「TYPE-MOONエース Vol.2」という雑誌にて、去年のエイプリルフールに書いた小説を別冊付録として掲載して頂いたり（TYPE-MOONの皆さん、どうもありがとうございました！）、色々と仕事の幅が広がる昨今ですが、今後も電撃でバリバリと色々なものを書いていきたいです。

『デュラララ!!』の後は『針山さん』か『バッカーノ！１７１０』かあるいは『ヴぁんぷ！』か、勢いで『デュラララ!!』の７巻か余談を許しません。どうなるというのか。……どうなるというのか……っ！

そんな自分が見えなくなりつつある昨今ですが、自分を見つめ直す手段としてゲームは今後も楽しんでいきたいと思います。

それにしても、ヤスダさんは『デビルサバイバー』、エナミさんは『スターオーシャン４』とゲーム業界でガンガンその絵柄を見かけるようになりました。

なんだか遠くて近い世界なので妙な気持ちです。そしてそれはそれとして『デビルサバイバー』が面白過ぎるのですがそれを語るには行数があまりにも足りないので割愛。X-BOX360の『フォールアウト3』の面白さについても長々と語りたいのですがやはり行数が以下略。

※以下は恒例である御礼関係になります。

いつもいつも御迷惑をおかけしております担当編集の和田《ばぴお》さん。並びに鈴木統括編集長やジャスミン徳田編集長、粟楠会のキャラのモデルになったMさんを始めとした編集部の皆さん。毎度毎度仕事が遅くて御迷惑をおかけしている校閲の皆さん。並びに本の装飾を整えて下さるデザイナーの皆様。宣伝部や出版部、営業部などメディアワークスの皆さん。

いつも様々な面でお世話になっております家族並びに友人知人、特に『S市』の皆さん。色々な場所でお世話になっております電撃作家並びにイラストレーターの皆さん。

『デビルサバイバー』の仕事や『夜桜』の連載でお忙しい中、素晴らしいイラストを描いて下さったヤスダスズヒトさん。

そして、この本に目を通して下さったすべての皆様。

——以上の方々に、最大級の感謝を——ありがとうございました!

2009年1月　自宅にて

『女神異聞録・デビルサバイバー』3周目に突入しながら

成田良悟

## ◉成田良悟著作リスト

「バッカーノ! The Rolling Bootlegs」（電撃文庫）
「バッカーノ! 1931鈍行編 The Grand Punk Railroad」（同）
「バッカーノ! 1931特急編 The Grand Punk Railroad」（同）
「バッカーノ! 1932 Drug & The Dominos」（同）
「バッカーノ! 2001 The Children Of Bottle」（同）
「バッカーノ! 1933〈上〉 THE SLASH ～クモリノチアメ～」（同）
「バッカーノ! 1933〈下〉 THE SLASH ～チノアメハ、ハレ～」（同）
「バッカーノ! 1934獄中編 Alice In Jails」（同）
「バッカーノ! 1934娑婆編 Alice In Jails」（同）
「バッカーノ! 1934完結編 Peter Pan In Chains」（同）
「バッカーノ! 1705 THE Ironic Light Orchestra」（同）

「バッカーノ！ 2002【A side】 Bullet Garden」（同）
「バッカーノ！ 2002【B side】 Blood Sabbath」（同）
「バッカーノ！ 1931臨時急行編 Another Junk Railroad」（同）
「バウワウ！ Two Dog Night」（同）
「Mew Mew！ Crazy Cat's Night」（同）
「がるぐる！〈上〉 Dancing Beast Night」（同）
「がるぐる！〈下〉 Dancing Beast Night」（同）
「5656！ Knights' Strange Night」（同）
「デュラララ!!」（同）
「デュラララ!!×2」（同）
「デュラララ!!×3」（同）
「デュラララ!!×4」（同）
「ヴぁんぷ！」（同）
「ヴぁんぷ！Ⅱ」（同）
「ヴぁんぷ！Ⅲ」（同）
「ヴぁんぷ！Ⅳ」（同）
「世界の中心、針山さん」（同）
「世界の中心、針山さん②」（同）

本書に対するご意見、ご感想をお寄せください。

■

あて先

〒160-8326 東京都新宿区西新宿4-34-7
アスキー・メディアワークス電撃文庫編集部
「成田良悟先生」係
「ヤスダスズヒト先生」係

■

電撃文庫

# デュラララ!!×5

成田良悟《なりたりょうご》


発行　二〇〇九年三月十日　初版発行
二〇一〇年二月二十六日　七版発行

発行者　髙野　潔

発行所　株式会社アスキー・メディアワークス
〒一六〇-八三二六　東京都新宿区西新宿四-三十四-七
電話〇三-六八六六-七三一一（編集）

発売元　株式会社角川グループパブリッシング
〒一〇二-八一七七　東京都千代田区富士見二-十三-三
電話〇三-三二三八-八六〇五（営業）

装丁者　荻窪裕司（META＋MANIERA）

印刷・製本　加藤製版印刷株式会社





ISBN978-4-04-867595-6 C0193

# 電撃文庫創刊に際して

文庫は、我が国にとどまらず、世界の書籍の流れのなかで〝小さな巨人〟としての地位を築いてきた。古今東西の名著を、廉価で手に入りやすい形で提供してきたからこそ、人は文庫を自分の師として、また青春の想い出として、語りついできたのである。

その源を、文化的にはドイツのレクラム文庫に求めるにせよ、規模の上でイギリスのペンギンブックスに求めるにせよ、いま文庫は知識人の層の多様化に従って、ますますその意義を大きくしていると言ってよい。

文庫出版の意味するものは、激動の現代のみならず将来にわたって、大きくなることはあっても、小さくなることはないだろう。

「電撃文庫」は、そのように多様化した対象に応え、歴史に耐えうる作品を収録するのはもちろん、新しい世紀を迎えるにあたって、既成の枠をこえる新鮮で強烈なアイ・オープナーたりたい。

その特異さ故に、この存在は、かつて文庫がはじめて出版世界に登場したときと、同じ戸惑いを読書人に与えるかもしれない。

しかし、〈Changing Times,Changing Publishing〉時代は変わって、出版も変わる。時を重ねるなかで、精神の糧として、心の一隅を占めるものとして、次なる文化の担い手の若者たちに確かな評価を得られると信じて、ここに「電撃文庫」を出版する。

**1993年6月10日**
**角川歴彦**

電撃文庫

## デュラララ!!

成田良悟
イラスト／ヤスダスズヒト

ISBN4-8402-2646-6

池袋にはキレた奴らが集う。非日常に憧れる高校生、チンピラ、電波娘、情報屋、闇医者、そして〝首なし《デュラハン》ライダー〟。彼らは歪んでいるけれど――恋だってするのだ。

な-9-7　0917

## デュラララ!!×2

成田良悟
イラスト／ヤスダスズヒト

ISBN4-8402-3000-5

自分から人を愛することが不器用な人間が集う街、池袋。その街が、連続通り魔事件の発生により徐々に壊れ始めていく。そして、首なし《デュラハン》ライダーとの関係は――!?

な-9-12　1068

## デュラララ!!×3

成田良悟
イラスト／ヤスダスズヒト

ISBN4-8402-3516-3

池袋に黄色いバンダナを巻いた黄巾賊が溢れ、切り裂き事件の後始末に乗り出した。来良学園の仲良し三人組が様々なことを思う中、首なし《デュラハン》ライダーは――。

な-9-18　1301

## デュラララ!!×4

成田良悟
イラスト／ヤスダスズヒト

ISBN978-4-8402-4186-1

池袋の街に新たな火種がやってくる。奇妙な双子に有名アイドル、果ては殺し屋に殺人鬼。テレビや雑誌が映し出す池袋の休日に、首なし《デュラハン》ライダーはどう踊るのか――。

な-9-26　1561

## デュラララ!!×5

成田良悟
イラスト／ヤスダスズヒト

ISBN978-4-04-867595-6

池袋の休日を一人愉しめなかった折原臨也が、意趣返しとばかりに動き出す。ターゲットは静雄と帝人。彼らと共に、首なし《デュラハン》ライダーも堕ちていってしまうのか――。

な-9-30　1734

## 電撃文庫

### バッカーノ! The Rolling Bootlegs
成田良悟
イラスト/エナミカツミ
ISBN4-8402-2278-9

第9回電撃ゲーム小説大賞〈金賞〉受賞作。マフィア、チンピラ、泥棒カップル、そして錬金術師——。不死の酒を巡って様々な人間たちが繰り広げる〝バカ騒ぎ《バッカーノ》〟!

な-9-1 0761

### バッカーノ! 1931 鈍行編 The Grand Punk Railroad
成田良悟
イラスト/エナミカツミ
ISBN4-8402-2436-6

大陸横断鉄道に3つの異なる極悪集団が乗り合わせてしまった。そこにあの馬鹿ップルを始め一筋縄ではいかない乗客たちが加わり……これで何も起こらぬ筈がない!

な-9-2 0828

### バッカーノ! 1931 特急編 The Grand Punk Railroad
成田良悟
イラスト/エナミカツミ
ISBN4-8402-2459-5

「鈍行編」と同時間軸で視点を変えて語られる「特急編」。前作では書かれなかった様々な謎が明らかになる。事件の裏に蠢いていた〝怪物〟の正体とは——。

な-9-3 0842

### バッカーノ! 1932 Drug & The Dominos
成田良悟
イラスト/エナミカツミ
ISBN4-8402-2494-3

新種のドラッグを強奪した男。男を追うマフィア。マフィアに兄を殺され復讐を誓う少女。少女を狙う男。運命はドミノ倒しの様に連鎖し、そして——。

な-9-4 0856

### バッカーノ! 2001 The Children Of Bottle
成田良悟
イラスト/エナミカツミ
ISBN4-8402-2609-1

三百年前に別れた仲間を探して北欧の村を訪れた四人の不死者たち。そこで不思議な少女と出会い——。謎に満ちた村で繰り広げられる、『バッカーノ!』異色作。

な-9-6 0902

電撃文庫

バッカーノ！1933〈上〉
THE SLASH　～クモリノチアメ～
成田良悟
イラスト／エナミカツミ
ISBN4-8402-2787-X

奴らは無邪気で残酷で陽気で残酷で優しくて残酷で天然で残酷で――そして斬るのが大好きで……。刃物使い達の死闘は雨を呼ぶ。それは、嵐への予兆――。

な-9-10　0990

バッカーノ！1933〈下〉
THE SLASH　～チノアメハ、ハレ～
成田良悟
イラスト／エナミカツミ
ISBN4-8402-2850-7

再び相見える刃物使いたち。だが彼らの死闘《バッカーノ》はもっと危ない奴らを呼び寄せてしまった。血の雨が止む時、雲間から覗く陽光を浴びるのは誰だ――？

な-9-11　1014

バッカーノ！1934 獄中篇
Alice In Jails
成田良悟
イラスト／エナミカツミ
ISBN4-8402-3585-6

泥棒は逮捕され刑務所に。幹部は身代わりで刑務所に。殺人狂は最初から刑務所に。アルカトラズ刑務所に一筋縄ではいかない男達が集い、最悪の事件の幕が開ける。

な-9-19　1331

バッカーノ！1934 娑婆編
Alice In Jails
成田良悟
イラスト／エナミカツミ
ISBN4-8402-3636-4

副社長は情報を得るためシカゴへ。破壊魔はNYを追い出されシカゴへ。奇妙な集団はボスの命令でシカゴへ。そして、全土を揺るがす事件の真相が――!?

な-9-20　1357

バッカーノ！1934 完結編
Peter Pan In Chains
成田良悟
イラスト／エナミカツミ
ISBN978-4-8402-3805-2

娑婆《シカゴ》を揺るがした三百箇所同時爆破事件と二百人の失踪。獄中《アルカトラズ》で起きた殺し屋と不死者を巡る騒動。それに巻き込まれた泣き虫不良少年《ジャグジー》と爆弾魔《ニース》の運命は――!?

な-9-22　1415

## 電撃文庫

### Mew Mew! Crazy Cat's Night
成田良悟
イラスト／ヤスダスズヒト
ISBN4-8402-2730-4

無法都市と化した人工島。そこに住む少女・潤《ジュン》はまるで〝猫〟だった。可愛らしくて、しなやかで、気まぐれで——そして全てを切り裂く〝爪〟を持っていて——。

な-9-9 0962

### がるぐる！〈上〉Dancing Beast Night
成田良悟
イラスト／ヤスダスズヒト
ISBN4-8402-3233-4

無法都市と化した人工島に虹色の髪の男が帰ってくる。そして始まる全ての人々を巻き込んだ殺人鬼の暴走劇。それはまるで島全体を揺るがす咆哮のような——。

な-9-16 1182

### がるぐる！〈下〉Dancing Beast Night
成田良悟
イラスト／ヤスダスズヒト
ISBN4-8402-3431-0

人工島を揺るがす爆炎が象徴するものは、美女と野獣（Girl & Ghoul）の結末か、戌と狗（Garuu VS Guruu）の結末か、それとも越佐大橋シリーズの閉幕か——。

な-9-17 1260

### 5656《ゴロゴロ》！ Knights' Strange Night
成田良悟
イラスト／ヤスダスズヒト
ISBN978-4-04-867346-4

「片方が動けば片方も動く。そういうものなんだよ、あの二人は」戌井隼人と狗木誠一。二匹の犬はそれが運命だというように殺し合う。越佐大橋シリーズ外伝！

な-9-28 1680

### ヴぁんぷ！
成田良悟
イラスト／エナミカツミ
ISBN4-8402-2688-1

ゲルハルト・フォン・バルシュタインは一風変わった子爵《ししゃく》であった。まず彼は〝吸血鬼〟であり、しかも〝紳士〟である。だが最も彼を際立たせていたもの、それは——。

な-9-8 0936

電撃文庫

## ヴぁんぷ!II

成田良悟
イラスト/エナミカツミ
ISBN4-8402-3060-9

彼らの渾名はニーズホッグとフレースヴェルグ《死者の魂を喰らう者》。吸血鬼達から『魂喰らい』と恐れられる『食鬼人《イーター》』の目的は、バルンシュタインに復讐を果たすこと——。

な-9-13 1104

## ヴぁんぷ!III

成田良悟
イラスト/エナミカツミ
ISBN4-8402-3128-1

カルナル祭で賑わうグローワース島だが、食鬼人《イーター》や組織から送られた吸血鬼たちによる侵攻は確実に進んでいた。そして、吸血鬼が活発になる夜の帳が降りていき——。

な-9-14 1133

## ヴぁんぷ!IV

成田良悟
イラスト/エナミカツミ
ISBN978-4-04-867173-6

ドイツ南部で起きた謎の村人失踪事件。それを受けて吸血鬼の『組織』が動き出す。そしてミヒャエルは、フェレットのためにある決意を抱き、島を離れ——。

な-9-27 1632

## 世界の中心、針山さん

成田良悟
イラスト/ヤスダスズヒト&エナミカツミ
ISBN4-8402-3177-X

埼玉県所沢市を舞台に巻き起こる様々な出来事。それらの事件に必ず絡む一人の人物の名は——!? 人気イラストレーターコンビで贈る短編連作、文庫化決定!

な-9-15 1158

## 世界の中心、針山さん②

成田良悟
イラスト/エナミカツミ&ヤスダスズヒト
ISBN978-4-8402-3724-6

タクシーにまつわる都市伝説。強すぎて無敵な下級戦闘員の悲哀。殺し屋と死霊術師と呪術師の争い。埼玉県所沢市で起こった事件の中心に、いつも彼がいる——。

な-9-21 1391